> Este foi o livro que eu esperei toda a minha vida para ler.

NANNI RIOS,
LIVREIRA

> A escrita de Polesso é vivaz e renovada, e ela captura a comédia humana sombria das diversas formas com que nós estragamos tudo quando se trata de assuntos do coração.

THE GUARDIAN

> Projetando-se para além do amor romântico e sexual na sua exploração das relações entre mulheres, *Amora* é, em turnos, sensível e brutal.

BUSTLE

> Um dos momentos mais gratificantes que vivi, como jurada do Prêmio Jabuti, em 2016, foi ler o livro *Amora*, de Natalia Borges Polesso. Após a leitura daquela obra concorrente, continuei o trabalho por desencargo de consciência, pois já tinha a certeza de que texto algum suplantaria o que a escrita de Natalia tinha provocado em mim. Hoje ainda afirmo que *Amora* continua provocante, a partir mesmo do título, inventando um feminino para a palavra amor, colocando no centro da narrativa de cada conto mulheres que amam mulheres. Relações homoafetivas sendo descritas não como amores malditos, mas como configurações possíveis de vivências amorosas. Com uma linguagem terna e certeira, Natalia nos conduz pelos caminhos suculentos ora doces, ora ácidos da fruta amora, e a cada sabor experimentado um laivo fica: a ninguém é dado o direito de esmagar a fruta. E que vivam as amoras.

CONCEIÇÃO EVARISTO

AMOR

2ª EDIÇÃO
—
4ª IMPRESSÃO

NATALIA BORGES POLESSO

Porto Alegre · São Paulo · 2025

PREFÁCIO
Aos amores e às amoras
10

GRANDES E SUMARENTAS

Primeiras vezes
35

Não desmaia, Eduarda
41

Vó, a senhora é lésbica?
51

O interior selvagem
59

Flor, flores, ferro retorcido
69

Botinas
77

Minha prima está na cidade
83

Dreaming
89

Os demônios de Renfield
97

Dramaturga hermética
105

Como te extraño, Clara
119

Marília acorda
129

Diáspora lésbica
135

Amora
143

*O coração precisa ser pego de surpresa
para ser incriminado*
151

Deus me livre
161

Umas pernas grossas
167

As tias
173

Morder a língua
179

*Wasserkur ou alguns motivos
para não odiar os dias de chuva*
185

Tia Marga
191

*Inventário da despedida:
um conto em quatro distâncias*
199

PEQUENAS E ÁCIDAS

Molotov
203

Bocejo
205

Saliva
207

Punhos
208

Valsa
210

Sono
211

Estranho
213

Memória
215

Fracasso
218

Templo
220

Profanação
221

CONTOS EXTRAS

*No futuro eu fui na Praia do Sonho
e o mar era um mistério antigo*
225

Aproximações amorosas
236

O gosto da ausência
238

POSFÁCIO

As rugas do fantasma
Luiz Mauricio Azevedo
244

Amora: um livro para falar do amor
Milena Britto
246

PREFÁCIO

AOS AMORES E ÀS AMORAS

Minhas amigas se chamam de amora. É assim: amora, vamos no cinema hoje à noite? Gostou do café, amora? Que horas vocês vêm aqui em casa, amoras? Amoras, tenho uma coisa pra contar. Depois, eu descobri que isso era comum. Amigas e namoradas se chamam de amora.

Comecei a pensar o *Amora* em 2012. Já tinha alguns contos escritos, mas eu ainda estava para publicar o meu primeiro livro, o *Recortes para álbum de fotografia sem gente*, que saiu em 2013 pela saudosa editora Modelo de Nuvem, e em 2018, quando foi reeditado pela Dubli — mas isso é outra história. Trago esse fato porque tanto o *Recortes* quanto o *Amora* foram viabilizados via edital de fundo de cultura (neste caso, o Financiarte), e esse tipo de processo demora um tanto mais. É preciso apresentar o projeto para o edital, com alguns contos e a ideia geral do livro, com alguma produção, aguardar a aprovação, e só então seguir para a editora, depois que a grana é depositada. O processo do edital leva mais ou menos um ano, de modo que, enquanto eu publicava o meu primeiro livro, já estava pensando em mandar um segundo para mesmo edital. Assim, minhas amoras já amadureciam.

Mas por que estou contando isso? Acho que é pra dizer que as ideias do *Amora* têm mais de dez anos neste momento, bem mais, e que em dez anos muita coisa muda, a gente muda um tanto. Vocês imaginam que, em 2013, na hora de enviar o projeto para o edital, o livro já tinha que estar meio pronto, não? Sim. Quer dizer, mais ou menos. Vou voltar um pouco mais no tempo para vocês entenderem o contexto.

Entre 2009 e 2010, minha vida ficou uma bagunça. Eu fiz uma cirurgia cardíaca — porque eu nasci com um problema no coração, Wolff-Parkinson-White, um problema elétrico, digamos, do qual eu inclusive falo um pouco em um dos contos, *O coração precisa ser pego de surpresa para ser incriminado*. Eu também fiquei sem casa e minha namorada da época fugiu. É isso mesmo. Não sei se posso encontrar melhor palavra para isso, ela fugiu. Talvez eu tenha ficcionalizado esse episódio ridiculamente ridículo da minha vida? Talvez. Talvez esteja em outro conto do *Amora*? É possível. A vida é assim, não? A gente teima em dizer que é tudo ficção, que a gente tira histórias até de moitas mortas, que nossa capacidade de metaforizar e inventar é infinita, e não que isso seja mentira, mas também tem essa parte misteriosa da gente transformar em narrativa coisas que vivemos. Por gosto e sem querer. Não posso negar, acontece assim comigo. Já escutei muitos escritores e escritoras dizerem que estão sempre escrevendo o mesmo livro, que estão sempre buscando a mesma questão de modos distintos, discutindo os mesmos temas. Há muitos elementos autobiográficos em *Amora*. Hoje não tenho mais medo e não fico chateada em afirmar isso. Só que também não posso deixar vocês acreditarem que as histórias são reais. Não são. São invenção. De modo que essa é uma longa e labiríntica resposta, porque essas perguntas sobre dados autorreferenciais sempre soam mal quando conectadas à identidade assim levianamente. Ah, é porque eu sou lésbica? Então tudo é sobre mim, evidentemente, porque eu não tenho capacidade de criar coisas universais (eu detesto esse conceito, sempre lembro do texto de *Shakespeare in the bush,* da antropóloga Laura Bohannan, no qual ela conta como foi sua experiência de leitura de *Hamlet,* um texto supostamente universal, para um grupo do povo Tiv, na região da Nigéria e de Camarões. Leiam). Perguntas sobre autobiografia não surgem tão frequentemente para escritores homens brancos cis héteros, mas para nosotras sempre resta a incapacidade de fabular. Ou o desejo de mostrar nossa vida, de escrever o que vivemos. E qual é o problema disso? Porque é assim também para homens brancos cis hétero tops (risos). Por isso sempre deixo bem explicado que *Amora* é pura ficção. Puríssima! Um trabalho cuidadoso de elaboração escrita, de cuidado com as perspectivas, de criação de narradores e pontos de vista, de variedade de personagens, et cetera, et cetera. Contudo, *Amora* também sou eu. *Amora* é a minha vida, é a vida das minhas irmãs, das minhas sapatas e bissexuais, das minhas amigas entendidas, das impossibilitadas de assumir, das enrustidas, das minhas amoras livres, das velhas amadas, das crianças viadas.

Certo, mas eu estava contado como fiquei sem casa, sem namorada e com o coração recém-curado partido. E basicamente foi isso: fiquei na merda. Num apartamento grande demais e frio demais, com uma síndica chata demais numa rua que tinha baratas demais. Só que minhas amoras me salvaram, me deram casa, carinho, atenção e inclusive um amor novo que era velha amizade (e hoje continua sendo velha amizade). Morei com uma amiga por seis meses, até o apartamento da minha namorada, que estava saindo da casa dos pais, ficar pronto. Cada pessoa tem sua jornada e as nossas eram bem distintas, em se tratando de vivências lésbicas. Relações familiares totalmente diferentes. Eu sem casa. Ela lutando para sair da casa dos pais e ir para a dela sem ter que se casar para isso. Pois é, os anos 2000 não foram exatamente o futuro de liberdade para as sapatas do interior.

Eu não sei vocês, mas eu demoro para elaborar as coisas. Escrevo livros e depois vou entender algumas questões para além do que eu tinha planejado. Nas minhas oficinas de escrita, falo das estruturas maiores e mais fixas dos textos, depois falo das minúcias e, recentemente, comecei a falar do espaço da escrita e do espaço do mistério. Porque não dá para ignorar: há que se criar um espaço, perceber sua existência e compreender que, nesse espaço, algo de misterioso acontece. Tem essa parte da escrita, esse momento em que a gente cria para escrever, que é solitário e também não é nada solitário, que é atravessado por todas as nossas experiências físicas e metafísicas, científicas e esotéricas, por todas as tensões das nossas relações com outres, com as coisas, com o tempo, com a nossa casa (ou a falta dela), com a gente. A gente muda. Me sinto uma estranha quando olho para o passado, ao passo que reconheço um caminho. Olho para a Natalia lá em 2009 e não posso acreditar que ela passou por tanta coisa. A Marguerite Duras diz que escrever era a única coisa que peuplait a vida dela, que a encantava. Eu fiquei pensando nesse verbo que ela usou, porque é habitar ou ocupar, mas também tem a ver com gente, com povoar. E me sinto assim também. Sinto que escrever povoava meus dias, dava a eles esse encantamento de gentes, me envolvia em uma comunidade e ainda me envolve, me envolve numa jornada no mundo, em pensar o meu lugar, o lugar que meu corpo ocupa e o lugar do meu pensamento ao conflitar com uma série de estruturas. Os lugares com que me identifico, onde os encontros acontecem.

Então que, lá por 2011 ou 2012, eu comecei a, de fato, escrever um romance que se chamava *O interior selvagem*, um longo, lento e enfadonho monólogo sobre uma pessoa que tinha sido abandonada pela namorada e que ia ao psiquiatra, sem pagar por isso, para falar do seu coração indômito e dos seus medos estúpidos, como de aviões ou de portões eletrônicos possivelmente caírem em sua cabeça. Minha Nossa Senhora de Lesbos, como era chata a história. Não tinha ritmo, se arrastava numa lenga-lenga sem fim. Então eu joguei tudo fora. Tudo não. De cento e cinquenta páginas, salvei umas quinze em dois contos e alguns fragmentos que vão de *Wasserkur* a *Dramaturga hermética*. Em 2012, eu também estava fazendo seleção para um doutorado em Teoria da Literatura na PUCRS, e passei. Fiquei aguardando para saber se teria uma bolsa, porque sem ela não teria como, e acabou rolando. Conto isso porque a escrita do *Amora* tem a ver com esse doutorado, que comecei em 2013.

Eu tinha dois contos prontos e um monte de ideias rabiscadas e o projeto de escrever outro livro. Fiquei empolgada também porque meu primeiro livro ganhou o Prêmio Açorianos, em 2013, e de Zezinha Ninguém eu passei a ser a Natalia-que-tinha-ganhado-o-prêmio-Açorianos, o que em Porto Alegre quer dizer muita coisa. E, putz, isso importa e muda muita coisa mesmo. Eu sei que prêmios são relativos e que os jurados têm gostos e tendências, ao passo que é uma aprovação de pares. Um empurrão que vem com a mensagem: continue escrevendo, minha filha *tapinhas nas costas*.

Daí que eu nunca tinha feito oficinas nem nada disso e descobri que, em Porto Alegre — especialmente na PUCRS —, havia um mundo de oficinas e discípulos de professores renomadíssimos e trâmites que eu desconhecia completamente. Acabei me enturmando com o povo da Escrita Criativa e fiz diverses amigues. Também acabei fazendo algumas matérias de criação literária. Digo que o ambiente e as discussões sempre tão calorosas com colegues mudaram muito da minha perspectiva de literatura contemporânea. Eu comecei a ler mais e a me interessar pelo que estavam escrevendo escritores e escritoras do agora. Ler contemporâneos e contemporâneas dá uma puta perspectiva, já dizia Virginia Woolf. Outras coisas aconteceram nesse ano de 2013: Porto Alegre foi palco de diversas passeatas, que começaram com o movimento do passe livre e terminaram numa transmutação bizarra verde-amarela que culminou, em 2018, na eleição do saco de bosta entupido. Não acho que uma coisa tem a ver com a outra assim tão simplesmente, foi uma cooptação de estratégias, entre outras coisas, mas não quero dissecar esse assunto, e nem cabe aqui, trago isso porque o clima de escrita era esse, e veja como a gente demora para elaborar as coisas: essa sensação de desespero eu só consegui começar a trazer para a prosa depois, em *Corpos secos* (2020), em *A extinção das abelhas* (2021) e numa série de contos publicados em revistas e suplementos, de 2017 até agora, de modo que eu acho que o *Amora* traz de elaborações pregressas, mesmo que escritas em um clima tenso. Eu acho o *Amora* a cara dos anos 2000. Um registro dessas gays, de nós, lésbicas, tentando viver o futuro. Sim, porque eu, que nasci nos anos 80, em 1981, para ser mais exata, via o ano 2000 como O Futuro. No ano 2000, eu ganhava 250 reais e morava com mais quatro pessoas, trabalhava de bartender, faxineira, revisora, fiz monitoria, bolsa de iniciação científica — o que viesse, eu pegava. Agora, enquanto escrevo este texto, em 2022, penso que vinte e dois anos é muito muito tempo, aconteceram tantas coisas pra eu habitar este futuro de agora, e parece que não cheguei onde imaginava. Isso não é nem bom, nem ruim. É a vida.

Eu queria fazer algo que me faltava, algo que eu não tinha lido ou por falta de produção ou por falta de circulação ou por falta de conhecimento, queria escrever algo abertamente LGBTQIAPN+, abertamente lésbico, abertamente lesbi, queria que isso fosse um a priori, queria algo pop, e assim fui criando o espaço dessa escrita, esse horizonte pessoalíssimo, fui arquitetando o *Amora* — que, esqueci de contar, até então se chamava *Amor a* , depois virou *Amor(a)* e depois voltou a ser *Amor a*. Sim, era péssimo. Era *Amor a* algo, alguma coisa ou alguém. Ter amor e dá-lo. Não só o amor romântico, mas outras formas de amor, em outras relações, também. Graças às deusas eu vi como aquilo era ridículo. Então, escrevi *Amora*, o conto, talvez o mais autobiográfico de todos, o conto que sumariza o nome do livro, uma história adolescente, dessa enxadrista moleque que se apaixona por um menino que a confunde com um igual. Depois, Amora se apaixona por Angélica, a enxadrista que não tinha uma mão. Segurando uma mão imaginária, elas vivem um amor.

Tenho a justificativa do projeto aqui, o que é uma excelente cápsula do tempo para ver como eu pensava:

> O presente projeto visa a publicação do livro *Amor(a)*, de Natalia Borges Polesso. *Amor(a)* é um livro de contos no

qual a autora experimenta uma prosa diferente daquela do seu primeiro livro. [...] Este novo projeto se presta a cumprir uma tarefa: trazer vozes e histórias de mulheres para a literatura brasileira contemporânea. De acordo com a aprofundada pesquisa que a professora Regina Dalcastagnè vem realizando há 15 anos, 72,7% dos escritores brasileiros são do sexo masculino; 62,1% dos personagens são homens; e o personagem médio é um homem branco, heterossexual, intelectualizado, sem deficiências físicas ou doenças crônicas, de classe média, morador de grandes centros urbanos. Outro fator a se considerar é a questão que Alison Bechdel, escritora norte-americana, levanta em um de seus quadrinhos em 1985. Uma de suas personagens diz que somente assiste a filmes que cumpram três requisitos básicos: 1) tem que haver duas mulheres; 2) essas mulheres conversam uma com a outra ao menos uma vez; 3) elas conversam sobre algo que não seja um homem. Avaliando o teste, não parece tão difícil, mas a realidade aponta para o contrário, e muitas obras do nosso cinema, do nosso teatro e da nossa literatura contemporânea não passam no teste de Bechdel. Para colaborar com a diversidade no campo literário, *Amor(a)* é um livro que traz contos sobre histórias de amor entre mulheres de vários meios, classes sociais, idades, cores e credos.

A poeta Adrienne Rich tem um livro e um poema intitulados *Diving into the wreck*. Primeiro ela vai descrevendo uma cena de mergulho. Na real, é uma ida a um mergulho, a roupa emborrachada, a escuna, a escada pela qual descemos, agarrades como insetos, os pés de pato que a deixam atrapalhada, o oceano, sua cor e sua luz que vai mudando, depois o encontro com the wreck, os destroços. Suponho que seja de um navio naufragado, mas isso não é dito. São apenas destroços. Ela escreve:

I came to explore the wreck.
The words are purposes.
The words are maps.
I came to see the damage that was done
and the treasures that prevail.

Eu queria isso. Explorar os destroços. Escrever sobre as coisas que estavam submersas em mim, sobre aquilo que eu tinha perdido, sobre aquilo que eu nem sabia que existia dentro de mim. Foi isso que busquei.

Mas Natalia, isso é muito metafísico, como assim você buscou os destroços num poema da Adrienne Rich? Que metódico e ao mesmo tempo esquisito, acho que você está inventando.

Eu posso estar inventando mesmo, essa é minha função, meu prazer, minha elaboração de vida, o mapa, a busca pela palavra.

Flor, flores, ferro retorcido é um conto que diz muito sobre o livro todo, sobre essa busca, sobre um entendimento profundo que nunca se concretiza, mas que, em seus rastros, cria imagens que satisfazem e maravilham a aventureira. A menina quer saber o que significa machorra. Sua família diz que ela está enganada, que a palavra é cachorra. Primeiro negam o entendimento, mas ela segue na busca. Depois, concretizado o mapa, lhe dizem que aquilo é uma doença, que é uma palavra feia, que não deveria ser dita, e tudo isso tem um alvo: a vizinha, o motivo do fascínio, o alvo da busca. E de repente, numa conversa infantil, que entrega o pensamento binário, presa nas estruturas da heterossexualidade, ela consegue escapar sem nem saber que está tentando, e por isso se encontra com a palavra dentro dela mesma. Ela é uma machorra também. E, no fim, a imagem da flor mais bonita que já tinha visto. A menina mergulhou e explorou os destroços. Eu mergulhei. Mergulhei em mim e nas histórias que me contavam, no que eu escutava com cuidado. *Minha tia é horrível, Nati! Pode escrever, só troca o nome, porque vai que ela lê a história e sabe que é ela ali.* Fiquei meses escrevendo Tia Marga, não conseguia encontrar um final decente para a história. Ficou na "gaveta" por meses, até eu perceber que o final precisava ser indecente.

Não sei a quantas noites levei contos impressos ou acessei meu e-mail no meio de uma festinha para encontrar o arquivo em PDF e ler para amigas e amigos. *Gente, posso ler uma coisa pra vocês? Sim!* Era como eu media a temperatura, entendia se gostavam, se causava alguma comoção ou se tocava alguém pessoalmente. Quando li *Deus me livre,* numa noite de comidas mexicanas, arranquei risadas de muitas amigas, e uma delas me disse que gostaria de ler o conto no lançamento do livro. Acho que foi a primeira vez que compreendi que tinha um livro. *Amora* era um livro. Eu era uma escritora com um livro publicado e premiado e outro no caminho para a publicação. E ainda rabisquei uns poemas, o *Coração a corda*, que lancei em 2015, no início do ano, antes de ir para Paris por dez meses para o meu doutorado sanduíche.

Um dia, num bar, contei aos colegas que já tinha o livro bastante alinhavado e um escritor me perguntou se poderia ler. Eu disse que não, pois achava que ainda não era hora de dar a alguém, mas ele insistiu. Aí eu mandei pra ele. Atentem para esta história: demorou uma semana e ele me mandou um longo e-mail dizendo que seria difícil escrever, pois havia coisas que ele *não queria dizer*, mas entendi que seria duro mesmo assim. Bem, o livro era ruim, como eu podia ter *cometido* tal conto, faltava muita coisa e que tinha muito erro — e marcou página por página os erros e como eu poderia melhorar algumas frases. Respondi o e-mail com humor, dizendo que desconsideraria muito da opinião dele, exceto por um conto, que eu já tinha retirado do livro. O que eu acho maravilhoso é que aquilo não abalou a minha confiança naquele momento, mas poderia muito ter abalado.

Gente, eu fiz muita coisa entre 2013 e 2015: entrei para o doutorado; publiquei três livros; escrevi um projeto para o doutorado sanduíche; passei; escrevi o *Amora*; escrevi o *Coração a corda*, do qual, para falar a verdade, não gosto muito, mas eu sei que tem gente que gosta (oi, Nanni); fui morar em Paris; terminei um relacionamento; engatei outro (sim, Paris, conheci a Dani em Paris, *c'est très chic, je sais*); publiquei o *Amora*; voltei para o Brasil com uma tese completamente diferente da que eu tinha levado e novamente sem casa. Enfim... Foram anos incríveis.

Em Paris, eu passava o dia em alguma biblioteca, trabalhando na tese, e no fim da tarde ia para casa ou para algum bar encontrar amigues. Me lembro de estar uma noite no meu apartamento em Paris (meu deus, eu sei, que podre de chic!, mas gostaria de lembrar que estive lá por conta de uma bolsa da Capes, à qual agradeço imensamente, para escrever uma parte da minha tese), com uma taça de vinho e com os títulos dos contos espalhados pelo chão em tiras de papel. *Como é que eu vou pôr ordem nesta bagaça?* Nesse momento, chega a minha colega de apartamento e mais duas amigas, e eu já fui perguntando o que achavam, explicando a ideia de um livro pronto. Ao passo que ia tentando entender os ritmos das histórias, ia explicando sobre elas, resumindo, dando alguns detalhes. Pensei em duas partes: *Grandes e sumarentas* e *Pequenas e ácidas*. Dispus os títulos, achei bom começar com *Primeiras vezes*, pelo tema, pela virada lésbica ou bi. Coloquei o *Flor, flores, ferro retorcido* lá pelo meio. *Dramaturga hermética* foi um parto! Eu não sabia onde colocar ou se faria mesmo parte do livro (e esse é um dos contos mais comentados); eu queria criar uma narradora chata pra caralha e ela ficou, mas ficou linda em sua chatice, só que eu não tinha certeza. E uma das amigas me disse: *E esse aqui,* Geni acorda, *sobre o que é?* E eu disse: *Esse não existe ainda, só na minha cabeça.* E ela: *Como assim?* E eu: *Não tá pronto, é só uma ideia, na verdade, porque...* e comecei a contar sobre essa senhora de Caxias que tinha uma casa e que era uma pessoa pública, só que ninguém sabia da sua intimidade. Era obviamente uma sapatona velha. *Puxa, é muito sério isso, né? A velhice queer.* E eu disse *É*, pedi licença, coloquei meus fones e escrevi *Marília acorda* numa sentada, como dizem (troquei o nome, evidentemente).

No dia 5 de outubro de 2015, eu voava de volta para o Brasil. A volta foi complicada, porque, como já disse, me peguei sem casa. Não tenho casa dos pais para ir, porque meio que eles mesmos não têm casas, digamos, mas essa é outra história. E mais uma vez tive uma penca de ofertas de amigas-amoras que me acolheriam com teto, cama e sopinhas quentes.

Estabelecida na casa da Caro, lançamos o *Amora*, no dia 28 de outubro de 2015, na livraria de amigos queridos, a Do Arco da Velha. Naquele dia, tomávamos spritz e eu vestia uma camisa linda preta com flores pequenas (não é a do *Controle*). Bastante gente foi e eu fiquei felicíssima. Dois dias antes, eu fui à livraria para conversar com o

Carlinhos, jornalista do Pioneiro (jornal no qual mais tarde eu seria cronista, de 2016 a 2018), e foi naquele momento que vi o livro pela primeira vez. Eu acho que esse é um dos momentos mais alegres da jornada de publicar um livro, pegar ele prontinho, materializado nas nossas mãos. É mágico que todas aquelas pessoas, reais e ficcionais, envolvidas no processo, todo aquele povoamento, os espaços criados a partir de destroços e mapas e palavras buscadas estejam ali, condensados num livro. E era um livro lindo, de capa dura. Belíssimo (e que tinha sido impresso errado pela gráfica, faltava uma parte — risos nervosos. Isso foi um stress imenso, mas voltou para ser arrumado. A imprensa, no entanto, recebeu a cópia com o erro e um PDF corrigido. Acho que a Caro tem uma cópia dessas). Enfim. Pousei o livro sobre as coxas — estava usando um jeans rasgado — e fiz uma fotografia.

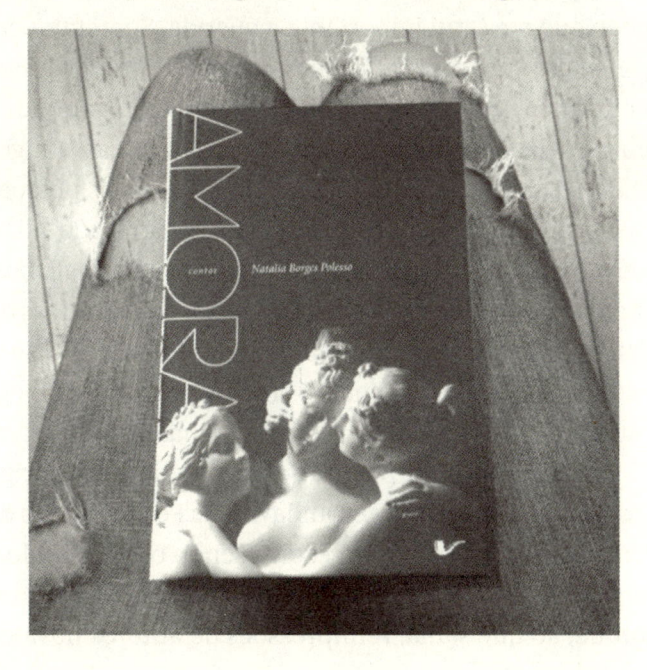

Na verdade, o meu livro não tinha chegado ainda, e eu perguntei ao Carlinhos se ele se importava de me emprestar o livro por uma noite. Nem contei para ninguém que tinha uma cópia em mãos, só fui ter a minha no dia do lançamento, quando a remessa chegou para a livraria. Mas, naquela noite, dormi com o livro do Carlinhos, não sem antes folhear, cheirar (eu não gosto de cheiro de livro, só que era o meu, então eu ia cheirar, sim), sentir a textura das páginas, a temperatura das folhas, a cor do papel, o tamanho da letra impressa, a pressão da tinta na folha, e confesso que até uma lambidinha na contracapa eu dei. Podem me julgar, contudo, recomendo.

Depois também lancei o livro na extinta Palavraria, uma livraria no Bom Fim, bairro de Porto Alegre. Não sei bem por quê, mas a gente se sente importante lançando livro na capital, ainda mais quando vai bastante gente, de modo que me senti importante e querida. Senti também que *Amora* era um livro que movia. E não é que não tivesse sentido isso no lançamento em Caxias do Sul, mas é que na minha cidade eu tinha família, amigos e amigas, amigos de amigas, e vice-versa. É diferente quando as pessoas vão ao lançamento por causa do livro. É engraçado, aliás, que o *Amora* não teve uma grande cobertura jornalística, a não ser para os eventos de lançamento, notas e coisas do gênero. Não teve resenhas em grandes jornais, nem em médios, nem em suplementos. Porém, ganhou muitos blogs e mediums e ainda ganha muitas resenhas no Instagram.

Em 2016, eu soube por um dos meus editores, Rodrigo Rosp, em um dia em que eu andava pela Feira do Livro de Porto Alegre, que o *Amora* estava sendo bastante lido e que teríamos uma segunda impressão. Fiquei muito feliz, porque, ao que sabia, reimpressões de autores novatos eram raríssimas. Entendam que demorou cinco anos pra eu vender todos os mil exemplares do *Recortes* (primeira versão). Mas enfim o *Amora* havia sido indicado para uns prêmios, o Açorianos, o Jabuti, o da Associação Gaúcha de Escritores, o Vivita Cartier, e isso certamente ajudou no boca a boca.

Quando eu soube das indicações para os prêmios, já saí comemorando, porque aquilo era maravilhoso! Fomos comer pizza e tomar cervejas num boteco perto de casa. Em 2016 minha vida estava meio complicada de novo, eu tinha pouco trabalho, estava no ano final do doutorado, precisava entregar uma tese em dezembro e defendê-la em janeiro de 2017. O ano estava pesado, teve todo o rolê do impeachment, o golpe contra Dilma. Enfim, os prêmios vieram (menos o Vivita, que depois ganhei com *Controle*).

Eu lembro bem até hoje do dia do Jabuti: Dani chegou em casa e eu estava com cara de nada, deitada no sofá da sala, dando refresh na página do Jabuti.

— Por que tá aí com essa cara?
— Nada.
— É o Jabuti? Já saiu?
— Não. Tô dando refresh, mas a página saiu do ar.
— Quer um drinque?
— Quero.

Dani fez spritz pra gente, recuperando o lançamento, pra dar sorte. Tínhamos comprado uns espumantes para o caso de dar bom. Saí do sofá e fui acometida por uma dor de barriga intensa. Era nervosismo, claro. Tomei o drinque como se fosse água. A dor passou.

— Vamos pedir comida árabe mesmo?
— Sim, eu já pedi. Tem que pedir cedo. Deve estar chegando.

Aí eu comecei a receber mil notificações (hoje eu não uso mais notificações).

— Dani, algo aconteceu, acho eu que eu posso ter ganhado o Jabuti.

Nisso toca a campainha. Era a comida. Eu desci com o celular, sem conseguir entender se os parabéns eram de comiseração ou de vitória. Subi com o pacote de comida e a Dani me disse:

— Ganhou.

— Ganhei? Caralha, ganhei. Minha Nossa Senhora de Lesbos EU GANHEI O JABUTI.

Abri o outro espumante, que estava quente, e enfiei na boca. Saiu tudo pelo nariz. Nos abraçamos. As amigas começaram a ligar e a mandar áudios.

— Tá ridícula! É tetra! Ganhou! Parabéns! Merece muito, amiga. Amiga, meu deus, é o Jabuti.

— Venham pra cá.

Todo mundo foi. Que festa boa.

E pensar que eu não ia me inscrever no Jabuti porque eu estava tão sem grana, mas tão sem grana, que não tinha como pagar a inscrição. Conversava no grupo (de WhatsApp) Sanduíche de miga e dizia, entre incrédula e triste, *ah, não vou me inscrever, é muito caro*. Mas a Gabi, minha ex-namorada e amiga, me mandou uma mensagem no privado: *te inscreve, eu ajudo, posso pagar pra ti*.

Eu sempre fico muito impressionada, feliz e grata pelo continuum lésbico — um conceito da já citada Adrienne Rich e que está num texto chamado *Heterossexualidade compulsória e existência lésbica*. Essas relações que a gente constrói extrapolam o romântico, extrapolam a ideia de relacionamentos herméticos, e não tô falando aqui de romance, estou falando do estabelecimento de uma comunidade que opera por outra lógica. Nos identificamos pelos vínculos de resistência, pelo companheirismo, pela compreensão mútua frente ao mundo que teima em não nos aceitar. E quantos vínculos e redes o *Amora* criou e me propiciou! Até hoje recebo mensagens, e-mails e relatos sobre como a leitura do *Amora* foi importante na vida das pessoas. Uma mulher me escreveu um longo relato que ao fim dizia *Eu sou uma tia Carolina, continue escrevendo, me senti menos sozinha*. Tia Carolina é a mulher que namora a avó em *Vó, a senhora é lésbica?* Fiquei imaginando essa personagem da vida real, escondida, vivendo seus desejos e seus direitos pela metade. Pensem que o *Amora* foi publicado em 2015 e que hoje, em 2022, eu ainda recebo mensagens. Quando saiu a edição em inglês, participei de alguns clubes de leitura nos Estados Unidos, mas um me marcou muito, o One Book One Bronx, do Literary Freedom Project (tá no Instagram). Eu fiquei na dúvida sobre a tradução, fiquei pensando que nos Estados Unidos, e especialmente em cidades maiores, o movimento LGBTQIAPN+ fosse muito mais atuante e as pessoas talvez fossem mais livres e não tivessem aquele tipo de experiência, mas eu estava errada. As pessoas se identificavam. Gente mais velha, gente preta, gente jovem, homens, mulheres, pessoas do Bronx, de Nova Iorque, do Queens. Ali fiquei pensando se não existiam mesmo experiências universais (nah, eu sei que não rs), mas tive certeza de que alguma comunhão cósmica se repartia, sim. Mas deixa eu voltar um pouquinho de novo e falar de rede antes de falar de repercussão internacional.

    A rede, esse continuum, foi se estabelecendo tanto que até um projeto de pós-doutorado eu inventei. Terminei meu doutorado sobre cidade, uma tese intitulada *Lite-*

ratura e cidade: cartografias metafóricas e memória insolúvel de Porto Alegre (1897-2013), na qual mapeei os lugares de Porto Alegre que apareciam em treze livros. Estudei geografia literária e geocrítica, assuntos que me interessam muito. Então encontrei Eduarda Ferreira, professora na Universidade Nova de Lisboa, e seu conceito *geografias lésbicas*. Pronto. Era isso que eu queria fazer. Mapear escritoras lésbicas. Também escolhi fazer isso porque, depois do Jabuti, comecei a ser chamada para muitos congressos, feiras, falas, minicursos, e neles me perguntavam quais eram as minhas referências. A realidade é que eu não tinha muitas. Eu sabia de Cassandra Rios, tinha lido Carol Bensimon, Alison Bechdel, Cidinha da Silva, mas eu não tinha muitas referências, não. Então era isso, meu pós-doutorado buscaria essas referências e ainda discutiria sua circulação, sua produção, o campo literário. E eu fiz isso em diversos artigos, então não vou chatear ninguém aqui com dados e discussão de conceitos. Quem quiser pode procurar no meu Lattes, nas revistas científicas, no Academia.edu, no Google Acadêmico, etc. Há inúmeros trabalhos sobre o Amora, alguns eu pude ler, de alguns eu pude até participar com alguma entrevista, leitura ou sendo banca.

No fundo, sou muito grata ao *Amora*, grata pelo bonito caminho que ele vem fazendo, pelas conexões que me trouxe, pelas amizades que me trouxe, pelo aprendizado profundo e transformador. O *Amora* me fez sair de uma postura acadêmica ou até esnobe da literatura e me fez acreditar em escrever e compartilhar, que a literatura transforma a gente, transforma vidas e nos faz viajar metafórica e literalmente, porque nos move no espaço e nas profundezas dos nossos sentimentos. O livro não mudou essencialmente o modo como eu escrevo, mas o modo como eu vejo a escrita.

Se vocês leram o *Amora*, devem saber que eu nunca conto nada linearmente. Sempre tem um flashforward ou um flashback, uma memória, um desvio desavisado. Aqui não está sendo diferente.

Quero falar também de dois eventos importantíssimos de 2018. Enquanto eu fazia a pesquisa que já citei, *Amora* foi selecionado em um edital, o PNLD, e mais de cinquenta mil exemplares foram comprados e distribuídos por escolas de todo o Brasil! Claro que isso não aconteceu assim estalando os dedos e plim. O contrato foi do final de 2018, junto da destruição dos ministérios, do corte de verbas da educação, tudo tenso, e sei que os exemplares foram impressos e começaram a ser distribuídos entre o fim de 2019 e o início de 2020, então eu não tive muito tempo de ir em escolas por conta da pandemia. Também, desde 2020, escolas e bibliotecas estiveram fechadas. Então, fora algumas postagens no Instagram e uma única visita ao Colégio de Aplicação da UFRGS, em Porto Alegre, não tive muito contato com o desdobramento desse episódio, não consegui aproveitar essa parte do *Amora*, mas sei que ainda vai rolar! Espero! Fico pensando que, se eu tivesse lido um livro como *Amora* quando estava na escola, talvez tivesse me sentido menos só, menos errada, menos doida, menos pecadora, porque são muitas as mãos pesadas da heterossexualidade compulsória. Vivi uma vida dupla na minha adolescência, meus desejos foram silenciosos e silenciados, eu mesma os temia, e minha vida normal era de pegadora dos meninos da escola. Pois é. Eu precisava me afirmar. Que ruim, né? Chegou uma hora que me sentia desgastada psicologicamente. Eu pensava que, se não ficasse com um menino, iam descobrir que eu era uma aberração. Era melhor ser a vadia do que a freak. Pois é, que doidera que é o mundo, a matrix (heterossexual) é complexa e nos implica a todo momento. O que acabou acontecendo, de todo modo, foi que meu jeitinho, digamos, de sapatão mirim, boleira e moleca era bem aflorado. Então, nos jogos de handebol, começaram a me chamar de lésbica (isso também tá num conto, de algum modo), mas no futebol não — então o futebol era o meu mundo! Ali eu podia correr, suar, me jogar, ser eu mesma e nem pensar em mais nada. Só gastar toda a minha energia. Já no handebol, se eu encostasse em alguém, *ai a lésbica tá se esfregando*. Adolescentes sabem ser cruéis. E ninguém fazia nada a respeito, porque assim era. *Deixa quieto*. Enquanto isso, eu guardava minhas ideias para mim e, para evitar a fadiga, fui jogar no gol. Goleira de handebol, coisa que ninguém queria ser. Ah, e troquei de escola também. Mas isso era porque realmente não dava mais para ficar estudando onde eu estava sem pagar e com dívidas de anos. Na escola nova, ganhamos uma competição de handebol e encontrei minha primeira paixão. Platônica, é claro. Só que não vou revelar nada aqui não. Vou deixar para algum conto futuro, quem sabe.

A outra coisa que aconteceu em 2018 foi que um trecho do conto *Vó, a senhora é lésbica?* caiu no Enem. Por mais que isso pareça uma coisa incrível e que agora eu considere como um grande prêmio, afinal, foram cinco milhões e meio de leitores, devo confessar que foi um momento bem agridoce. Porque 2018, como vocês sabem, foi um ano esquisito, de campanhas eleitorais violentas. Eu parei de escrever para o jornal da cidade e para a Zero Hora porque estava cansada de receber lixo, ameaças e todo tipo de xingamento que vocês podem imaginar. Estava psicologicamente frágil, fui procurar ajuda profissional, estava muito deprimida e ansiosa, com medo de que alguma coisa acontecesse. Um homem, que atualmente é vereador em Caxias do Sul, postou em seu perfil no Facebook a minha foto de identificação do jornal e convocou as pessoas que defendiam "a família, e quando falo família, falo pai e mãe e filhos, vocês que defendem o verdadeiro respeito na sociedade e não as abominações que estamos sendo obrigados a engolir, como é o caso desta colunista lésbica" a ajudarem-no "a dar a ela a justa resposta...". Considerando que as pessoas estavam dando tiro em televisão, achei por bem me afastar das atividades. Além disso, o jornal não se posicionou. Me senti bem desamparada. No domingo do Enem, saí para caminhar e tomar um sorvete para espairecer. Aí meu telefone basicamente explodiu de tanta notificação. Eram coisas muito lindas que diziam, e eu fiquei muito feliz e com muito medo de que a projeção pudesse me trazer algum perigo real. E, de fato, houve um jornalista que fez um vídeo sobre o conto, mas ele falava que era o *livro da vovó lésbica* (não sabia o nome do livro ou o meu nome) e disse que se tratava de uma relação incestuosa. O dia em que o vídeo chegou a mim, vi que tinha quinhentas mil visualizações e que os comentários eram bizarros. Decidi me concentrar nas coisas boas que vinham, e foi o melhor que fiz, pois eu estava tão fragilizada que não consegui nem colocar um cropped e reagir. Mas não quero nem vou terminar este texto numa nota triste. Não mesmo.

Quero comentar da repercussão do *Amora* aqui e no exterior. Saibam que este parágrafo, apesar de bem costuradinho, foi escrito por último, depois de uma conversa com outro dos meus editores aqui na Dubli, o Gustavo. Quando entreguei a primeira versão deste texto, um dos retornos do Gustavo foi o de ter sentido falta de algum comentário sobre a repercussão na mídia e tal, sobre tudo que saiu nos jornais. Aí aconteceu uma coisa muito louca que resultou na seguinte conclusão: vivemos dois mundos distintos! Porque não aconteceu muita coisa na mídia, na grande mídia, nem quando o *Amora* saiu, nem quando ganhou o prêmio. Sem resenhas nem comentários, apenas menções. E menções bastante esquisitas, nas quais meu nome nem aparecia, apenas na lista geral de vencedores. Foi algo a que não se deu importância. Todo o burburinho do *Amora* foi no boca a boca, em blogs e sites minúsculos, na avaliação de booktubers, de perfis do Instagram de gente que divulga livros e faz resenhas e comentários. Pronto. Foi assim que *Amora* andou e é assim que ainda anda. E na academia! Muito na academia! Há inúmeros trabalhos acadêmicos sobre o *Amora*, e eu fico toda orgulhosa disso. Acho que ele é um baita case de sucesso de um livro independente. Real! Para não dizer que não houve nada, acho que a primeira resenha crítica em um veículo de grande circulação foi a que saiu no Observer, do The Guardian. Isso mesmo. A revista da Oprah e o The Guardian deram mais espaço ao livro do que os grandes jornais no Brasil. Aliás, a repercussão internacional foi ótima, dei entrevistas, saí em inúmeras listas, a Lamba falou coisas lindas sobre o livro, tive contos publicados na Granta e na Electric Magazine. É claro que, com o passar do tempo, fui convidada inúmeras vezes para escrever para suplementos, revistas e jornais de âmbito nacional, não posso dizer que não. *Amora* me abriu muitas portas! Tantas que os livros seguintes sempre tiveram um bom e merecido espaço. Mas é estranho. Quem sabe agora, com esta edição, *não tenho uma nova chance de ter o livro resenhado?* Vai saber.

Amora transformou a minha vida, não posso negar isso nem não reconhecer. Viajei pelo mundo com o livro, conheci muita gente boa, li muitos livros bonitos e encontrei pessoas querendo escrever sobre suas experiências — aliás, pessoas escrevendo sobre as suas experiências. *Amora* me trouxe amigues, convites, prêmios, trânsitos. E grana também. Não estou rica, né? Mas é bom falar disso, porque dizem que não é possível viver de literatura. Olha, fácil não é mesmo. É literatura. Mas me deu uma grana legal, que faz eu me sentir valorizada pelo meu trabalho. Me fez conhecer gente LGBTQIAPN+ nova, que tem feito grana e conseguido coisas importantes com seus livros também LGBTQIAPN+, e aqui aproveito para saudá-las. Sou muito grata por *Amora* e seus caminhos.

Estou animada com esta nova edição, tem textos de pessoas que eu admiro e com quem mantenho amizades muito sinceras e parcerias de vida. Espero que vocês gostem também. Além disso, a edição conta com alguns contos novos. Acho que era isso que eu queria dizer. Muita coisa, né? E não é tudo, mas fico por aqui. Espero que a gente se encontre em breve para mais conversas.

Um beijo,
Natalia
Setembro de 2022

GRANDES E SUMARENTAS

PRIMEIRAS VEZES

NÃO AGUENTAVA MAIS AQUILO DE SER VIRGEM. Dezessete anos e parecia um pecado. Estava cansada de mentir para as colegas sobre como tinha sido sua primeira vez. Cansada. Já não lembrava qual era a verdade da mentira que tinha contado e agora adicionava fatos aleatórios. Ele tinha um chevette. Estava tocando 4 Non Blondes. Eu estava usando uma calcinha verde. Comemos batata frita. Ele não mora aqui. Calcinha verde? Quem usa uma calcinha verde quando sabe que vai dar? Nada daquilo era real. Não era uma songamonga que nunca tinha feito nada, mas era virgem ainda. Cansou.

Fazia o terceiro ano noturno de uma escola pública tradicional onde, tradicionalmente, às sextas, apenas os dois primeiros períodos eram frequentados. Nem os professores apareciam nos dois últimos. A diretoria já tinha encurtado o turno de sexta para quatro períodos, mesmo assim, fracassou. Três bares nos arredores da escola: 1) boteco sinistro onde péssimas bandas faziam covers igualmente péssimos com instrumentos desafinados, bebia-se catuaba, porque era barato e era o que tinha, a mistura de catuaba e fanta uva tinha se estabelecido como a nova moda, havia a certeza de que ali começaria a degradação do fígado daquela geração; 2) bar de skatista onde se vendia cerveja por preço razoável e todos os tons de licor bols, consumiam-se drogas ilícitas diante dos olhos de todos, sendo que maconha era a mais comum — ela não, não gostava de drogas ilícitas até então; 3) conveniência do posto onde se comprava um combo de litro de vodca barriga-mole mais coca-cola e se podia usufruir das instalações do local, leia-se área coberta, banheiros imundos e mureta de tijolos atrás do lava a jato. Resultado: bares cheios, escola vazia.

Sexta-feira, dezenove horas e vinte e cinco minutos quando o sinal tocou e metade de seus colegas entrou na sala. A outra metade fez sinal para que ela a seguisse até os fundos da escola. Viu um dos caras levantar a cerca de arame cruzado e todos passarem por baixo. Nenhuma aula seria assistida naquela sexta. Todos para o bar número dois. Seguiu o fluxo. Todos entraram, todos sentaram, todos beberam, todos levantaram para ir dançar, como um cardume, eles não se separavam. Até que uma amiga a puxou pela mão para fumarem um cigarro. Ela não fumava. Ela não gostava de cigarro. Lembrava que seu pai, embora fumante, nunca tinha fumado um cigarro sequer dentro de casa. Acendeu. Deu duas tragadas e foi interrompida por uma voz muito grave lhe dizendo que não era daquele jeito que se fumava. Não era mesmo. A voz era de Luís Augusto Marcelo Dias Prado, como se apresentou. Luís Augusto Marcelo Dias Prado. O nome era como se se encaixassem aquelas peças plásticas para montar, de modo que a forma ficasse comprida demais e prestes a desabar. Não era um bom nome. Mais três sextas-feiras e estavam namorando. O que sentia por ele era inversamente proporcional à sua nota em física. Era ruim em física. Era boa em gostar dele. Contudo, tinha uma coisa. Aliás, duas: a mentira da não virgindade e o assunto nunca tocado.

Oito sextas-feiras antes daquela em que conhecera Luís Augusto Marcelo Dias Prado, estivera com Letícia, sua colega fumante, e, meio bêbadas no sofá da casa dela, comentaram sobre Mandala, a bichinha do terceiro ano; e depois sobre o lugar em que ela fazia shows; e depois sobre a possibilidade de um dia ir até lá; e depois sobre a explosão das lésbicas da novela no shopping; e depois sobre como o mundo era bizarro; e depois sobre como não podiam controlar esses sentimentos; e depois sobre como ela tinha vontade de beijar a boca vermelha de Letícia; e depois sobre como Letícia gostaria que aquilo acontecesse desde que o Vitor estivesse junto; e depois sobre como precisava estudar um pouco mais para a prova de física. Aquilo tinha se enraizado intensamente nas suas sensações diárias. A boca vermelha de Letícia. Os pensamentos há anos presos num lugar escuro da cabeça, agora soltos em palavras. Palavras que foram parar na cabeça de Letícia. Nunca tinha confessado aquelas coisas a ninguém, e, durante todas as sextas-feiras que se seguiram até o dia em que foi para a casa de Luís Augusto Marcelo Dias Prado, parecia que jamais as tivesse confessado.

Ele não tinha carro. No rádio não tocava 4 Non Blondes. A calcinha dela era bordô. Não comeram batata frita. Ela nem teve tempo de tirar o sutiã. Tudo já tinha acabado. Concluiu que todo o antes tinha sido melhor do que o durante. Depois foi até o banheiro e notou que tinha a mesma cara virgem. Uns cabelos pretos escorridos para trás das orelhas, nada de maquiagem, ombros pontudos de tão magros, um pouco de sangue entre as coxas. Saiu do banheiro gostando muito mais de física do que antes e pediu para ir embora. Luís Augusto Marcelo Dias Prado não entendeu. Ele era uma boa pessoa, apesar do nome, e até queria namorar. Quando ligava para a casa dela, a mãe sempre ficava contente com aquele vozeirão que ainda não tinha um rosto, mas que ela já imaginava em almoços dominicais. Nunca aconteceu. Ela começou a evitá-lo, começou a ir para as aulas da sexta-feira, não atendeu mais o telefone de casa e pedia que a mãe mentisse à voz mais linda da cidade, dizendo que não estava em casa.

No sábado, depois da sexta que tinha ido à casa dele, ligou para Letícia. Contou sobre o dia anterior e sobre como tinha mentido em relação à sua primeira vez e sobre como queria que as lésbicas não tivessem explodido no shopping e sobre como tinha sonhos esquisitos com a Linda Perry e sobre como naquele dia no sofá queria tê-la beijado em sua boca vermelha. Letícia, por sua vez, disse-lhe que primeiras vezes eram sempre daquele jeito e que talvez ele não tivesse feito direito e que talvez ela estivesse nervosa e que deveria tentar novamente. Não disse nada sobre lésbicas, novela, Linda Perry, nem sobre beijos em bocas vermelhas.

Ela só teve coragem de ir para a escola na quarta-feira. Não conseguiria olhar para Letícia e nem precisou, porque, na quarta, a colega é que não foi. Na quinta-feira, as coisas pareciam longe, porque a vida funcionava assim aos dezessete anos, dentro de um tempo elástico que se adaptava aos humores e àquelas necessidades tão ingênuas. O tempo era bonito nas quintas-feiras, aos dezessete anos. E se encontraram. Ela não mencionou absolutamente nada sobre o telefonema, nem Letícia. A metade da turma estava organizando uma festa na casa de um cara, no dia seguinte, portanto, nada de aula. Foi direto para o endereço recomendado. Revenda de automóveis. Apertou a campainha e um colega veio abrir. Atrás de uma fumaça esbranquiçada, viu Letícia sentada numa cadeira de palha ao lado da churrasqueira. Copo na mão. Curaçau blue e sprite. Naquela época, curaçau com sprite era infinitamente superior à catuaba com fanta uva ou coca com vodca de garrafa plástica; hoje, se equivalem.

Todos entraram, todos sentaram, todos beberam, todos comeram, todos beberam novamente, todos levantaram para dançar, todos beberam mais, como um cardume, não se separavam. Até que Letícia a puxou pela mão para fumarem um cigarro. Ela arrastava os pés no cascalho, enquanto Letícia procurava, nos bolsos da jaqueta, a carteira de cigarro mentolado. Letícia sacudiu alguma coisa na frente de seus olhos. Era uma chave. No chaveiro estava escrito voyage verde musgo. Encontraram. Letícia abriu a porta e foi para o banco de trás. Ela seguiu, procurando não ser enganada por uma expectativa que seria apenas sua. Não tinham carro nem idade para dirigir. O voyage não tinha rádio, portanto não tocava 4 Non Blondes. A calcinha de Letícia era roxa e tinha uma renda, a dela era cinza e o algodão estava esgarçado para além dos limites do bom senso. Nenhuma das duas teve tempo de tirar o sutiã. Foi tudo desajeitado, como são geralmente as primeiras vezes. Cheias de dentes que batem e movimentos de desencaixe.

Ouviram o Vitor gritar que o Moisés estava mamando um litro de cachaça de butiá. Saíram do carro e pegaram o Rodrigo e a Bruna atrás de um tempra, erguendo as calças e baixando a blusa, respectivamente. Ninguém viu, ninguém comentou. Nem elas mesmas. A Letícia seguiu namorando o Vitor até o fim do ano. A turma continuou matando aula às sextas-feiras. E ela passou em física.

NÃO DESMAIA, EDUARDA

UMA DAQUELAS COISAS QUE ACONTECEM, VOCÊ CAI. Não. Você se espatifa no chão. Você pensa ser motivo de chacota e não se mexe, lá, estatelada. Os processos espalhados, a pasta azul de sei-lá-que-material-é-aquele prestes a explodir, sua cabeça prestes a explodir, uma guerra prestes a explodir. Você se levanta, entra num ônibus e a vida segue aos solavancos. Você nasce na família certa, uma família que aos domingos sempre se reúne na casa da avó, fora da cidade. Você nem se sente mais obrigada a ir, mas continua indo, porque sempre foi assim, toda sua vida. Sua mãe, sua avó, suas tias. De repente, você percebe que não há homens na mesa, não há homens na casa, não há homens num raio de cinco quilômetros. A vendinha fica a cinco quilômetros, lá, você e suas tias alcoólatras compram cerveja, cachaça e uma perna de salame artesanal. Você se pergunta o que é um salame artesanal.

Você prova o salame e não consegue distinguir nenhum artesanato no sabor, a única coisa que você consegue sentir são suas aftas, e suas tias lhe indicam uma cachaça de arnica, porque ela mata as aftas. Até então você sabia que arnica servia para dores musculares. Você bebe um gole da cachaça, a sua vida fica quente como uma tarde infernal de verão naquela praia semideserta em que você passou dezoito temporadas. Suas tias riem. Você volta para a casa. Você deita na sua cama, meio nauseada e se pergunta como aquele hematoma na sua coxa triplicou de tamanho em poucos dias.

E lembra.

Uma daquelas coisas que acontecem, a Laura e o Mauro no fim do corredor, perto da janela, conversando como se fossem realmente íntimos. A Laura passando a mão no braço do Mauro, ele rindo. A pasta estava muito pesada, o que me fez pensar que teria muito trabalho naquela tarde e, provavelmente, durante todo o fim de semana. Desci as escadas xingando a Laura mentalmente, porque ela era biscate mesmo. Tinha terminado comigo na semana passada e agora já estava de conversinha com o Mauro, professor de direito penal. Eu tinha me preocupado em ajudá-la, fiz resumo, troquei hora de trabalho para estudar com a sem-vergonha, para quê? Para ela me dar um pé na bunda e ir direto ao assunto, um pé duro e certeiro, bem no meio da minha bunda, trouxa. Eu nunca fui muito boa em xingamentos. Desci o primeiro lance e pensei em comprar um chá quente, a ideia me confortou. Quando cheguei à parte plana da escada, ouvi uma voz chamando meu nome, olhei para cima e vi Tábata. Oi, Eduarda! Não vai trabalhar muito, hein? Bom fim de semana. Oi, Tábata. Pode deixar, tchau. Estiquei a perna para dar mais um passo e aconteceu. Joelho retesado, sola do pé pronta para encontrar a firmeza do chão, mas não estava. Então, aquele segundo que antecede um desastre, aquele em que eu penso que não deveria ter feito alguma coisa que fiz. E a queda. Eu, lá embaixo, esparramada, enquanto os papéis ainda voavam ao meu redor. Por uns cinco, dez segundos, me perguntei se estava viva, se estava bem e se valia a pena levantar daquele chão. As pessoas que estavam na sala de aula em frente à escada todas dispararam em minha direção e veio uma avalanche de vozes. Você está bem? Meu deus! Não se mexe! Consegue se mexer? Junta ali, gente? Tem umas folhas ali atrás. Era só isso que tu tinha nas mãos? Como isso foi acontecer? Pessoal, abram espaço pra ela respirar. Pisquei os olhos meio devagar, acho, e quando abri, vi a cara preocupada da Laura logo em cima da minha. Eduarda, tu tá bem? O que aconteceu? Levantei num pé só. Estou bem, gente, estou bem. Obrigada, me dá a pasta aqui. Tenho que ir. Bom fim de semana.

    Na rua, respirei fundo e senti minhas costelas gemerem. Apalpei-as. Aparentemente, nada quebrado, mas a perna doía muito. Fui arrastando um pé até a parada. O ônibus não demorou a passar. Deixei a pasta no colo e peguei o celular. Alô, mãe. Oi. Eu caí, estou bem, estou indo para casa. Eduarda, minha filha? Caiu como? Onde? Rolei uma escada. Como assim, Eduarda? Que escada? A escada do prédio da faculdade. Que tipo de escada? Do que era feita? Como assim, mãe? Era uma escada de metal, de madeira, de pedra, tinha lixas amarelas, aquele piso emborrachado, estava nas normas de segurança, Eduarda? Mãe, foram as escadas do prédio da faculdade, acho que são de pedra e têm aquele piso emborrachado. Mas, Eduarda, o piso estava certo? Não estava levantado? Você bebeu alguma coisa? Não, mãe. Não o que, Eduarda, não estava certo ou não bebeu? Não bebi. Mas como foi cair, então, Eduarda? Mãe, estou quase chegando, já falamos.

No elevador, eu já me arrependia de ter contado sobre a queda e, quando a porta do apartamento se abriu, eu soube que tinha feito a coisa errada. Eduarda, o que aconteceu com o seu cabelo? Me olhei no espelho e vi que minha borrachinha de cabelo estava mais para o lado esquerdo, num rabo de cavalo meio desfeito, e que eu parecia algo entre Punky Brewster e Elvira, a rainha das trevas. Eduarda, você está toda rasgada! Eu tinha um rasgo na blusa e outro na calça, mas não estava toda rasgada. Mãe, não estou me sentindo bem. Você bateu a cabeça, Eduarda? Mãe, eu rolei uma escada, eu bati minha cabeça pelo menos umas três vezes. Eduarda, temos que ir para o hospital agora! Como não chamaram uma ambulância, Eduarda? O SAMU! Mãe, eu só quero tirar essa calça e deitar um pouco.

Quando tirei uma perna da calça, vi, no espelho narcisístico e probatório da sala de estar, o hematoma do tamanho de uma mão espalmada se acender. Apertei fundo com a ponta dos dedos e senti uma dor nauseante. Mãe, não estou me sentindo bem. Deita, Eduarda, deita aí no sofá. Eu ia pedir um copo d'água, mas a voz não saiu, a vista ficou nublada e eu comecei a suar. EDUARDA? EDUARDA? VOCÊ ESTÁ BRANCA. NÃO DESMAIA, EDUARDA. EU VOU PEGAR UMA ÁGUA PARA VOCÊ, VOCÊ QUER UMA ÁGUA, EDUARDA? EDUARDA? QUER UMA ÁGUA? Eu teria desmaiado, não fosse a voz esganiçada da minha mãe, como uma agulha nos meus tímpanos. Eu tinha muita vontade de rir, mas a dor era pior. E lembrei da Laura e do Mauro no fundo do corredor. O que era risada virou um choro soluçado, daqueles que saem por uma cara apertada, enrugada de dor. Mas não tinha voz, só tinha soluço e fraqueza, uma vontade de ter morrido, caído de cara, quebrado o pescoço, todos os dentes, mordido a língua, ficado paraplégica. EDUARDA? Minha mãe me abanava com uma National Geographic. Era aquela que tinha uma garota afegã sem o nariz. Talibãs tinham cortado o nariz dela como um aviso para que ela não tentasse deixar a família novamente. Eu queria ter casado com a Laura, ou com o Mauro, não sei. Eu queria ter saído de casa. Com um dos dois teria sido mais fácil, eu acho. Eduarda, sua cor está voltando. Me olhei de relance no espelho do hall. Vi a boca guinchada de choro mudo e a desfiz. Era só dor. Física e moral. Eduarda, você está bem? Eu vou levar você para o hospital agora. Não precisa, mãe. Só quero um copo d'água. Um copo d'água? Por que não disse antes, Eduarda? Precisa fazer todo esse escândalo? Eu fiquei para morrer aqui com você nesse estado e tu quer um copo d'água? Sim, mãe, um copo d'água e um rivotril, tem rivotril? Não tenho, tenho só diazepam. Pode ser, mãe. E saiu pela porta batendo as pantufas de patas de cachorro. EDUARDA, não tem diazepam! Tem só alprazolam, mas vai te deixar calma igual, você quer? Quero. Eu vou tomar um também, porque você quase me mata de susto, olha como está meu coração, aqui na garganta, quase me mata. Toma aqui, não quer comer nada antes? Não, mãe, quero dormir, só. Amanhã nós vamos para a casa da sua vó. Sim, eu sei. Como sabe? Porque nós sempre vamos, mãe. Claro, sempre vamos, é a sua vó. Quando não estiver mais com a gente, aí você vai sentir falta, agora não dá valor. Vamos amanhã e voltamos domingo de noite. Você acha que consegue dirigir, Eduarda? Não sei, mãe. Amanhã eu vejo. Você vai levar toda aquela tralha, Eduarda? Não vai nem ter tempo de falar com suas tias desse jeito, só trabalha, só estuda, não pensa na família. Você acha que é autossuficiente, mas não é. Mãe, eu preciso terminar umas coisas, mas vou ter tempo de ficar com vocês, não se preocupe. Não estou preocupada, Eduarda, estou dando um conselho, sabe. Depois você fica caindo aí pelos lugares e não sabe por quê. Naquela hora, eu não sabia se o que minha mãe falava não fazia sentido algum ou se o remédio já estava batendo. Vai dormir aí no sofá, Eduarda? Não. Levantei, fui até o quarto arrastando a calça que ainda estava pelo tornozelo de uma perna e deitei.

Eduarda, são onze horas, vamos lá. Vamos levantar, pegar a estrada? Sua vó já ligou. Sim, mãe, vamos. Ligou também aquela sua amiga, Laura. Uma pedra de gelo correu pelas minhas costas e minhas pernas cederam, segurei no marco da porta. O que ela queria? Saber como você estava, ora, e Eduarda, eu perguntei a ela como tinha sido o tombo e ela me disse que não viu, mas seus colegas disseram que a coisa foi feia. Parece que você voou os três primeiros degraus e depois rolou até embaixo, não sabem como não quebrou nada, o pescoço. A pedra de gelo foi derretida por um quentume de raiva e vergonha.

A casa da minha avó é um lugar tranquilo, num bairro que simula um ar interiorano. Não precisa muito de verdade, porque essa cidade já é meio interiorana, mas a intenção de ser uma chácara paga os préstimos dos trinta minutos de estrada. Horta, umas árvores frutíferas que minhas tias chamam de pomar, os cachorros, os gatos, um fogão a lenha. Minhas tias estavam plantando temperos na horta, eu fui ajudar. Cheiros de manjericão e alecrim se impregnaram em minhas mãos. Depois do almoço, Eduarda, vamos na vendinha tomar um trago pra melhorar essa cara aí. Claro. Tua mãe contou que tu caiu de uma escada. É, caí. E tá com dor, filha? Não muito, minha perna tá meio roxa só. Tu te cuida, guria, cabeça nas nuvens. É, me cuido sim, tia. Sou a pessoa mais centrada dessa família, sou a mais azarada também, pensei em dizer, mas não disse. Domingo vem a Rose pro almoço. Legal, tia.

Minha mãe tem três irmãs, a Marga, a Rose e a Deise, que é adotada e mais nova que eu. Quando meu vô faleceu, minha vó adotou a tia Deise de um casal que não podia cuidar da filha. Minha vó nunca fez luto, parece que finge até hoje que nada aconteceu. Nenhuma das tias é casada. A Marga e a Deise moram com a vó. A Rose mora em outra cidade por causa do trabalho e a minha mãe mora no centro por minha causa, diz ela. Porque era mais fácil para eu estudar. Meu vô e meu pai morreram no mesmo acidente de carro. Minha mãe também nunca fala nada. Eu nunca perguntei nada. E assim somos, sem muitas perguntas. Não sei se é um assunto proibido, ou se agimos assim porque simplesmente assim são as coisas. Eduarda! Tem um carro aqui, uma amiga sua.

Era a Laura, manobrando em cima do canteiro de hortênsias da minha vó. Não disse nada, não mudei minha cara de quem estava plantando manjericão. Vim ver como tu tá. Eu estou bem, Laura, e você e o Mauro estão bem? Do que tu tá falando, Eduarda? Tô falando que vi vocês de conversinha no corredor na sexta-feira, vai negar? A Laura fez uma cara de incrédula, olhou para mim e foi abrindo a boca bem devagar. Laura, por favor, não negue, é feio mentir tão mal. Eduarda, eu tava contando pro Mauro que fui bem na prova porque tu me ajudou. Tu é louca, Eduarda? A gente tava falando de ti. Eu falei pra ele que queria voltar contigo e ele disse que achava uma ótima ideia, aí eu vim até aqui, porque ele me disse pra vir, mas não sei se eu acho a ideia tão boa agora. Por favor, Laura, para. Eduarda, eu te liguei ontem e hoje de manhã e a tua mãe disse que tu tava descansando, na real, eu tô desde terça querendo falar contigo e tu parece que tá me evitando. Que conversa ridícula é essa, Laura? Como assim? Tá, tá. Já falou, agora vaza. A Laura me olhou ressentida e foi andando até o carro, enquanto minha mãe gritava. EDUARDA, SUA AMIGA NÃO VAI FICAR PARA O ALMOÇO?

No sábado de tarde, minha boca se encheu de aftas. Minha avó tem o dom de fazer os molhos de tomates mais ácidos da galáxia. Toda vez que ela cozinha essa massa ao sugo, minha boca se enche de feridas quase que instantaneamente. Passei a tarde e a noite entre lendo processos e mordendo a pele que salta ao redor delas. Eu sabia que no domingo teria que socializar.

Não dormi, levantei da poltrona e fui tomar um café na cozinha. Minha vó já se preparava para fazer o almoço. A tradição era essa. Se empanturrar de comida desde a chegada até a hora de ir embora. Vó, a senhora não se cansa de cozinhar? E o que mais eu posso fazer, minha filha? Eu gosto de cozinhar, passa o tempo, passa a vida, e a gente pelo menos come, e você sabe, com a boca cheia se fala menos e com a barriga cheia então, se pensa menos em bobagem, você é muito magra, minha filha, tinha que comer mais e pensar menos. Eu não falo tanto assim, né, vó? Não fala nada, seria até bom se falasse um pouco, não ficava com tudo preso aí dentro, essas ideias aí tudo misturada, coisa que a gente vê e coisa que a gente cria, não dá. Verdade, vó. Ela tinha razão. Coisa que a gente vê misturada com coisa que a gente cria. E eu bancando a fria, a equilibrada, rolando escada abaixo.

Na venda, de tarde, minhas tias me deram cachaça de arnica para provar e me perguntaram se o que me afligia era homem; se eu andava tão quieta e com a cara tão fechada, só podia ser homem. Não é homem. Sei. E riram que se passaram. Eu continuei com a mesma cara de quem estava plantando manjericão. Tomei a cachaça e depois outra, mais doce. Comi um pedaço de salame que me revoltou o estômago e depois pedi para que minha mãe dirigisse para casa. Por quê, Eduarda? Porque eu bebi, mãe, dessa vez eu bebi. Ai, Eduarda, você me mata assim, eu dirijo então.

Você deita na sua cama, meio nauseada e se pergunta como aquele hematoma na sua coxa triplicou de tamanho em poucos dias. Você tenta encontrar uma explicação para o roxo, para o enjoo, para a vida, talvez. Você deve ter forçado a perna mais do que deveria. Você dirigiu. Você sabe que vai ter que levantar da cama para vomitar, mas não pensa em nada imediato. Você está com sono e cogita sufocar com o próprio vômito. Você sabe que quando as coisas se misturam assim na sua cabeça é porque está cansada. Você está exausta. E vê as paredes do quarto girando. Você fecha os olhos, respira fundo e pensa que uma hora se está por cima com os pensamentos bem firmes sobre os ombros e logo depois são as pernas voando por cima da cabeça.

VÓ, A SENHORA É LÉSBICA?

VÓ CLARISSA DEIXOU CAIR OS TALHERES NO PRATO, fazendo a porcelana estalar. Joaquim, meu primo, continuava com o queixo suspenso, batendo com o garfo nos lábios, esperando a resposta. Beatriz ecoou a palavra como pergunta, "o que é lésbica?". Eu fiquei muda. Joaquim sabia sobre mim e me entregaria para a vó e, mais tarde, para toda a família. Senti um calor letal subir pelo meu pescoço e me doer atrás das orelhas. Previ a cena: vó, a senhora é lésbica? Porque a Joana é. A vergonha estava na minha cara e me denunciava antes mesmo da delação. Apertei os olhos e contraí o peito, esperando o tiro. Atrás das minhas pálpebras, Taís e eu nos beijávamos escondidas no último corredor da área de humanas na biblioteca da faculdade. Abri os olhos novamente e meio tonta vi que minha vó continuava de olhos baixos, Joaquim continuava batendo com o garfo nos lábios e Beatriz apenas sacudia as pernas curtas sobre a cadeira.

A vó Clarissa era professora de história, por isso, a casa era abarrotada de livros, atlas, guias, fitas VHS com documentários, revistas, papéis, tudo. Quando criança, eu perguntava para ela o que tinha naqueles livros todos e ela me dizia que eram histórias, muitas histórias, de diferentes pessoas, lugares, tempos, com jeitos diferentes de contar. Ela perguntava se eu queria ouvir alguma, me mandava escolher um livro. Meus olhos pegavam fogo de curiosidade. Eu corria pela casa e voltava com passos atrapalhados, carregando mais livros do que podia carregar, jogava tudo no sofá e voltava correndo para buscar algum que tivesse se perdido pelo caminho. Ela ria alto e falava mas escuta, quantas histórias você quer que eu conte? Acho que não teremos tempo para tudo isso! Eu continuava com olhos gulosos, esperando que ela começasse. Qual deles você quer? Eu apontava para um livro aleatório. Muito bem então. E começava: ah, uma história muito boa! Não me esqueço dessa nunca. É sobre um homem chamado Gregor Samsa, um vendedor. Depois de uma noite cheia de sonhos curiosos, ele acorda se sentindo muito estranho, tão estranho que não é capaz de se levantar da cama. Eu pensava que já tinha me sentido daquele jeito. Sua mãe vai ver o que aconteceu com ele, mas ele não abre a porta. Então, sua irmã vai ver o que aconteceu, mas ele também não abre a porta. Até que seu chefe resolve ir à sua casa, porque, afinal, Gregor nunca tinha se atrasado para o trabalho. Eu pensava que se a professora batesse na minha porta, eu precisaria de uma ótima desculpa. Então, ele se vê obrigado a abrir a porta. Todos estão em choque: Gregor Samsa é um inseto! Um inseto? Minha nossa!, eu dizia. Como uma barata. Eu tinha um fio de saliva pendido da boca, fazendo uma pocinha no sofá.

A metamorfose foi um dos primeiros livros que li, fora os ditos para criança. Mas acho que só o li aos onze anos de idade. Apresentei o livro na aula de leitura e, embora tivesse lido e tirado minhas próprias conclusões, na hora de contar a história, contei exatamente como minha vó me contava quando eu tinha seis anos, fazendo todo o suspense e as revelações nas horas certas.

Meus pais trabalhavam muito e nós, crianças, ficávamos na casa da vó no turno da tarde, depois da escola. Minha avó e minha mãe pensavam que era melhor estudar no turno da manhã, porque o cérebro está mais atento nesse período, então desde sempre eu estudei de manhã. Agora até acho estranho ter aulas na faculdade no turno da noite, não posso controlar o sono, especialmente quando o professor de latim começa a falar. Ele é um velhinho de voz litúrgica que funciona à base de café e bala de leite. Foi na aula dele que eu conheci a Taís.

Só notei a Taís na metade do semestre, quando ela chegou com a perna engessada e veio sentar perto de mim, porque eu sempre sentava perto da porta, bem na frente. Pensou que ali seria cômodo. Ofereci ajuda. Caderno, pasta e cafezinho nas mãos, mais as muletas, e ninguém para dar uma mão, ela disse, pareço invisível. A Taís era da linguística; eu, da literatura. Fico contente que aquela matéria fosse obrigatória para ambas as áreas. No intervalo, perguntei se queria que eu pegasse mais um café. Ela aceitou. Ficamos conversando o resto da aula, e na outra, e na seguinte, até a semana em que ela faltou. Eu não tinha pegado nenhum contato dela, telefone, email, eu nem sabia seu nome completo, nada mesmo. Passei a semana inteira pensando se ia vê-la de novo, se tinha morrido, se tinha largado o curso, se alguma coisa terrível tinha acontecido.

Na semana seguinte, quando ela apareceu sorridente e sem o gesso, perguntei o porquê da ausência na semana anterior. Ela esticou a perna fina em cima do banco, depois me enlaçou com um braço e me deu um pirulito em troca de apoio para subir o lance de escadas. No intervalo, saímos para ir à biblioteca. Ela disse que precisava de um livro, mas que não lembrava o nome, no entanto, disse que sabia onde ele ficava e fomos indo para o último corredor, sem janela e com uma luz fraca. Ali no fundo, ela disse, e me arrastou pela mão até onde a prateleira quase se encostava à parede. Pegou o livro e deu uma olhada dentro. Depois, ergueu os olhos para mim e com uma mão muito muito rápida me puxou pela gola do blusão para bem perto dela e encostou a testa na minha. Eu sabia o que fazer, só que nunca tinha feito. A Taís sorriu com aqueles dentes brancos e enormes, sorriu dentro da minha boca.

Depois que a nossa babá foi demitida por causa do episódio do fogão a lenha e metade da cozinha foi incendiada, nós começamos a passar as tardes com a nossa avó. Ela e a tia Carolina. Por volta das quinze horas, minha avó punha uma mesa de chá. As xícaras com flores azuis, o jogo de porcelana, os talheres de prata, bandeja. Um pouco depois do almoço, ela nos deixava sozinhos e ia até a padaria. Voltava em vinte minutos com uma caixa de delícias que sempre nos fazia muito curiosos. Quinze e pouco chegava a tia Carolina. Minha avó ficava radiante.

A tia Carolina trazia, quase sempre, uns olhos de embaraço, agora lembro, os passos incertos, as mãos cheias de anéis que se torciam em si mesmos, os ombros para cima sempre. Parecia que não queria estar ali. Eu me lembro dela porque era muito bonita e porque eu gostava de imitá-la. Eu achava fascinante como a tia Carolina podia ter o cabelo branco, mas não parecer velha.

Minha vó sempre recomendava que não as incomodássemos durante o chá e enchia o nosso quarto de tudo o que pudesse nos manter ocupados. Numa tarde dessas, peguei um pouco de talco, joguei na minha cabeça e fui até a cozinha para mostrar meu cabelo branco. A tia Carolina me pegou no colo rindo e eu me lembro de ter perguntado quantos anos ela tinha e por que não era velha se tinha cabelo branco. Demos um jeito de ficar na cozinha. Mas, depois daquela tarde, as visitas começaram a rarear e a minha vó se entristeceu de um jeito que doía ver. Chorava pela casa e fumava escondida num canto da sacada. Acho que bebia também, porque havia cheiros estranhos e uma avó displicente naquele período. Passou um inverno inteiro e mais a primavera para a tia Carolina voltar a visitar, eu lembro direitinho, porque foi no aniversário do Joaquim que ela apareceu. Minha avó parecia outra mulher. Estava bem vestida, contente e voltou a cheirar a perfume e creme de lavanda. As coisas começavam a fazer sentido na minha cabeça, agora, quinze anos depois. Minha vó era mesmo lésbica.

— Joaquim, terminou de comer? — ela perguntou.
— Não.
— E onde você ouviu isso sobre eu ser lésbica?
— Ouvi o pai e a mãe falando.
— Ah.

Minhas mãos gelaram e, por mais que eu mastigasse, a comida não descia. Levantei da mesa com meu prato na mão e fui à pia, fingindo desinteresse.

— Joana? — disse minha vó.
— Oi — eu respondi com a voz mais fraca que tinha.

— Me traz a pimenta.

— Claro, vó.

Levei o moedor para a mesa e, quando ia escapando, ela falou.

— Você não vai sentar para ouvir a resposta do que seu primo perguntou?

Sentei. Aliás, eu nem percebi que já estava sentada, foi como se meu corpo tivesse feito aquilo automaticamente. Minha cabeça convulsa dentro, os fatos se conectavam.

— Sim — disse.

Joaquim começou a rir e Beatriz apenas o seguiu no riso.

— Joana, quer me perguntar algo?

— A tia Carolina vem aqui hoje? — a pergunta saiu toda errada, mas minha vó compreendeu.

— Vem sim. Vem hoje, vem amanhã, vem todos os dias, como você sabe desde pequena. Tem alguma outra coisa que você queira perguntar?

— Não.

— Tem certeza?

Fiz que não com a cabeça, mas respondi um sim mastigado por um tipo de curiosidade. Na minha casa, todas as conversas sempre eram assim, bem esclarecedoras. Ali, aquilo não me agradava.

Minha vó foi contando toda a história, e ela era muito boa em contar histórias. Enquanto ela falava, eu tinha os olhos fixos numa tapeçaria que cobria toda a parede atrás dela, uma tapeçaria com motivos medievais, uma festa num vilarejo. Duas coisas sempre me atraíram nela: o anão bêbado e as duas mulheres dançando um pouco afastadas, atrás de uma árvore. Enquanto eu olhava a tapeçaria, a Taís invadiu meus pensamentos. Me lembrei da sua mão quente tocando meu corpo, por baixo do blusão, e pensei nas mãos cheias de anéis da tia Carolina percorrendo o corpo da minha vó. Na tapeçaria, as duas mulheres tocavam as mãos. Respirei pesado e a Taís voltou, enfiei meu rosto em seus cabelos e aspirei-lhe bem fundo a nuca. Mas quando recuei, eram os cabelos brancos da tia Carolina sobre a face da vó Clarissa. Um caneco de cerveja se esvaziava num chão de lã amarela numa outra parte da tapeçaria, eu e a Taís dançávamos no quarto dela e depois de um ou dois giros eram os corpos da tia Carolina e da vó Clarissa que caíam ofegantes sobre a cama. Tive a sensação de ter perdido grande parte da explicação. No final, minha vó dizia vinte anos, faz vinte anos. Até que o Joaquim perguntou por que ela e a tia Carolina não moravam juntas. Essa a minha vó não respondeu, disse que por hoje estava bom de histórias e resumiu dizendo que não moravam juntas porque não queriam. Porém me ocorreu lembrar que a tia Carolina tinha sido casada com o seu Carlos. Me ocorreu que talvez ela não pudesse ficar com a minha vó. Me ocorreu que nunca tivessem dançado, nem bebido juntas, ou sim. Pensei na naturalidade com que Taís e eu levávamos a nossa história. Pensei na minha insegurança de contar isso à minha família, pensei em todos os colegas e professores que já sabiam, fechei os olhos e vi a boca da minha vó e a boca da tia Carolina se tocando, apesar de todos os impedimentos. Eu quis saber mais, eu quis saber tudo, mas não consegui perguntar.

O INTERIOR SELVAGEM

EU GIREI A CHAVE NA FECHADURA e todo o meu mundo girou junto quando a porta se abriu. O humor da casa ainda era o mesmo nas paredes. O nome da cor era gelo e a gente tinha escolhido porque era mais fácil combinar com os outros blocos de cores, que nunca fizemos. Caminhei até o fim do corredor e parei na soleira da porta no quarto à direita. Ela não estava lá. Larguei a mochila e voltei à cozinha fazendo barulho nos parquês soltos. Nada. Nem na sala, nem no banheiro, nem no quarto de estudos. Fui até a sacada e abri as venezianas barulhentas de madeira marrom. Vazia, na lucidez da manhã, pareceu que a minha casa era um lugar bem maior do que o que eu conhecia.

Quando a Luiza foi embora e me deixou com todas as contas para pagar, eu tive que sair do apartamento. Eu vomitei durante três dias. Vomitei de raiva, de medo. De medo de estar sozinha. Eu só descobri que a Luiza tinha fugido da nossa casa porque, depois da briga que durou uma semana inteira, eu resolvi ligar. Liguei no celular, ela não atendeu. Liguei de novo e estava fora de área. Liguei para o trabalho dela e me disseram que ela tinha se mudado para o Rio de Janeiro. Guardo poucas memórias daquele período. Lembro-me de vomitar e chorar durante dias e lembro que via as coisas meio borradas sempre na horizontal. Eu saí do apartamento porque nos meus planos de vida, planos que eram nossos até então, não estava escrito que eu teria que pagar as contas sozinha e nem que eu teria que escolher sozinha uma cor que derretesse aquele gelo incrustado nas paredes ao meu redor.

Eu saí e fui morar no apartamento de uma amiga que estava indo para um intercâmbio. Me deu a chave e disse que eu podia ficar e só tinha que fazer um favor, trocar a torneira da cozinha, ou a borrachinha da torneira — tá encrencada — e foi. Eu fiquei lá. Apartamento bom, desconhecido e absolutamente silencioso. Ficamos eu e meu desalento. Voltei a ver o Caetano.

— Você não está no controle.

Toda vez que eu me via ali sentada naquela poltrona, tinha vontade de me enterrar no veludo musgo, me liquenfazer, me aglutinar na penugem do tecido até desaparecer naquele abraço verde e inumano. O tapete entre nós parecia um buraco negro. Era um desenho em espiral que sugava meus olhos e meus pensamentos. Eu ficava ali parada, olhando para a cortina da janela atrás dele, eu queria ficar daquele jeito, apenas respirando o ar quente de janeiro que entrava, mas o buraco abocanhava meus olhos para o meio da sala, e quando me dava conta, ele estava ali, olhando fixamente, esperando que eu começasse a despejar meu interior. Como se fosse fácil, leve e ordinário trazer os nós para fora de nós. Fazer com que as palavras atravessassem a garganta e viessem assim de forma ordenada com todo o sentido preciso ou dúbio. Antes de falar, antes de abrir a boca, eu tentava realmente me ordenar, organizar minhas ideias, eu passava a semana toda ensaiando a minha parte da cena, a minha parte do diálogo, porém, quando ele abria a porta, meus pensamentos eram tragados para o vácuo sem fim daquela sala onde tudo parecia querer me ferir. O que eu dizia parecia embolado. Não era só o que eu pensava que vinha à tona, vinha também, misturado com as palavras, um monte de grumos e engasgos que me faziam parecer burra e outra, estranha para mim mesma. Eu tentava me defender de mim e do ambiente. Dele não. Eu não podia. O homem tinha olhos de arapuca.

— Controle? Parece que isso aqui não tem funcionado. Parece que tudo o que eu digo é tão abstrato a ponto de não ser meu, de eu não reconhecer.

— Mas mal começamos. Tenha paciência.

— Mal começamos dessa vez, né, Caetano? Quantas vezes mais eu já estive aqui, quantas ainda vou vir?

— Quantas vezes forem necessárias.

— Nem eu, nem tu nunca vamos saber disso.

— Claro que não, mas a gente vai tentando. Não é assim a vida? Uma sucessão de tentativas?

— Sim. Mas não sei se isso aqui vai funcionar dessa vez, mesmo assim.

Ele permaneceu em silêncio por um tempo, acho que para ter certeza de que eu tinha dito aquilo, depois me olhou sorrindo e perguntou.

— Isso te preocupa?

— Isso o quê?

— Que não funcione?
— Claro.
— E o que pode dar errado agora?
— Minha vida toda. Eu não tenho casa, não tenho amigos, não tenho nada, a Luiza foi embora, porque ela é uma puta sem caráter, sem humanidade, que me deixou desse jeito, como é que ela pôde? O que eu fiz de errado dessa vez? Eu não fiz nada de errado dessa vez! Será que foi por causa daquela merda de álbum? Será que foi porque não voltei para casa antes? Não pode ter sido.

Alguma coisa se abriu dentro de mim e as palavras começaram a jorrar desordenadas, contíguas, faustosas. Memórias e fatos e mentiras tudo junto saindo da boca.

— Meu pensamento não se articula.
— Como é? Seu pensamento?
— É o caos.
— O caos?
— Não. Minha fala é caótica, vem de dentro, de uma parte que é ainda selvagem. E que eu não entendo, não consigo entender o que sinto. Se eu visse ela agora, não sei se eu mataria ou beijaria ou, ai. Da cabeça para a boca as coisas se perdem em algum lugar que eu desconheço e nunca mais voltam. Eu fico presa. Não consigo mais tocar essas coisas, sabe? Nem pra sentir. Fica só uma bola aqui, sem sentido, que me faz ter medo. Porque tem vezes que eu escondo tanto a realidade que nem eu reconheço mais o episódio, e se tivesse mesmo acontecido do jeito que eu lembro, seria muito estranho. Pareceria ficção. Não sei se eu tenho vergonha de falar ou de desejar. Tá me entendendo?

— Você acha que ainda tem uma parte desconhecida dentro de você? Apenas uma? Somos completamente desconhecidos para nós mesmos. O trabalho é justamente esse.

— É... de certa maneira. Porque, sei lá, parece que sou burra. Não dentro da minha cabeça, mas, quando abro a boca, parece que sempre tenho o mesmo tom de lamúria e que as questões não se desenvolvem, fico ali tentando cavar a superfície delas, mas só arranho. Olha quantas vezes eu já estive aqui. Não aprendo. Não me lembro das coisas, não consigo fazer conexões e, na maioria das vezes, não entendo o que eu mesma disse.

— Talvez você esteja usando a parte errada do corpo.

— O quê?

— Racionalizar tudo, analisar tudo, escrutinar tudo. Tente sentir mais. Pense nisso, nos impulsos. Nosso tempo acabou.

— Eu detesto quando o tempo, em geral, acaba. Quanto te devo?

— Nada.

— Nada como sempre. Mas sempre pergunto, vai que um dia tu queira me cobrar.

— Temos um acordo, lembra?

— Lembro. Obrigada.

— Para você seria importante pagar?

— Depende. Tu vai me cobrar se eu disser que sim ou vai me mandar procurar alguém mais barato?

— Uma das duas coisas.

— Então não é importante.

— Concordo. Até a próxima.

— Até.

Bati a porta atrás das costas e saí em direção ao centro da cidade. A rua que levava ao centro fazia uma parábola profunda e era engraçado ver como os carros sumiam e depois emergiam novamente na outra ponta, distantes, onde havia sol. Eu queria fazer isso, submergir em algum canto obscuro da minha vida e emergir na outra ponta mais clara, que eu imaginava existir, uma ponta onde tudo era tranquilo e que a única turbulência possível seria aquela causada pelas coisas boas e doces. Mas eu sabia que aqueles eram desejos tão imbecis que poderiam estar num livro bobo de autoajuda. De qualquer forma, eu via o centro ali perto, mas teria que descer e subir para chegar lá. Não havia maneira fácil de fazer aquilo, eu teria que submergir no meu próprio inferno para depois quem sabe chegar à outra ponta mais clara da vida, no centro quente de quem eu queria ser. Não sendo a morte, disse sozinha em voz alta. Eu fazia isso com frequência quando precisava interromper um pensamento. Quer dizer, uma parte de mim faz isso ainda, a parte desconhecida que eu não consigo acessar e que vem assim em forma de frases no meio da rua ou apenas no meio de algo. Na rua real procurava qualquer banalidade para me afastar de pensamentos ruins, mas era difícil que algo me tocasse. Ir ao supermercado, ao correio, à loja de bugigangas domésticas, era apenas isso e passos ritmados que diziam não, não, não, a cabeça balançava justamente o oposto, mas era só o movimento obrigatório da caminhada. E me imaginava em reverso, voltando ao consultório. Ressubindo a ladeira, perna que sobrepesa para trás, joelho retesado e ponta dos dedos do pé, depois o calcanhar grudado na pedra do chão. E novamente com o lado esquerdo. Sento na poltrona verde e todas as palavras voltam para dentro de mim. Saem dos ouvidos dele e se juntam ao ar que entra pela janela fazendo a cortina esvoaçar. Engulo. Sinto que as articulo ao contrário e, de palavras, voltam a pensamentos disformes. Meu peito coça por dentro, talvez tivessem sido isso antes de pensamentos fragosos: uma coceira no peito. Volto ainda mais, até antes da nossa briga, e assisto à saliva de Luiza, condensada no ar, voltar à sua língua junto com todas as palavras ásperas. Entredentes vejo-a aspirar a mágoa. Diante dos meus olhos, ela está serena.

Déjà vu. Já na subida da rua, notei um homem e uma mulher que trocavam o pneu de um carro no mesmo lugar em que há, exatos dez anos, eu e uma amiga trocávamos o pneu do kadett bordô que ela tinha. Na ocasião, lembro que estávamos indo bem, nunca tínhamos trocado um pneu, estávamos indo muito bem. Até que muitos caras começaram a nos rodear, rindo e dando palpite. Engraçado, nenhum se ofereceu realmente para ajudar, mas ficaram ali como varejeiras, fazendo um tipo de zumbido coletivo, praguejando nosso fracasso. Conseguimos, por fim, sem a ajuda não oferecida de nenhum deles. Na época, teria me ofendido até com a ajuda. Não estou dizendo que a zombaria não me ofendesse hoje, é claro que sim, mas eu aceitaria ajuda para trocar um pneu, visto que nunca na vida troquei um sozinha, fora essa vez em que ajudei a Michele. Eu acho que fiquei uns minutos ali parada, olhando o senhor que suava, girando a chave de roda, e sua mulher segurava o estepe, o macaco e a camisa dele. Minha boca se abriu um pouco mais e notei que o casal me olhava meio estranho. Eu não gostava de ter aquele tipo de reação. Era como se as portas para o mundo exterior se fechassem enquanto outras muitas portas dentro e cada vez mais fundo em mim se abrissem e mesmo que eu soubesse que estava na rua, parada, com cara de idiota, encarando pessoas desconhecidas, eu não conseguia evitar. Demorava um pouco para eu sair daquele estado. Sacudi a cabeça e o chiste veio: olá! Não sei trocar pneus. Baixei os olhos e segui andando, coberta de vergonha. A quentura do rosto demorou a passar, mas como eu preferia sempre andar, logo ela se misturou com o calor do esforço. Eu não gostava de ônibus, nem de táxi, preferia sempre ir a pé. Andar até que meus pés doessem, até que os pensamentos se esgotassem. Além disso, andar sempre me colocava diante de situações como aquelas do casal, andar sempre me dava mais tempo para observar as pessoas, as casas, as ruas, as árvores, as larvas que se amontoavam nas folhas, os carros, suas velocidades, seus motoristas e caronas e ainda a cara que eles penduravam em suas cabeças. Andar me dava tempo de escolher para onde eu queria olhar e no que eu prestaria atenção. Eu não dirigia, eu nunca ia dirigir e dentro dos ônibus as cenas passam rápido demais e não havia outra possibilidade de observação que não fosse torcer o pescoço até que o objeto não pudesse mais ser alcançado com os olhos e essa era uma opção que não me agradava. Eu precisava escolher o que observar e, se estivesse parada e um carro passasse muito rápido, ao menos não era eu que desistira, era apenas o modo como a vida me apresentava as coisas. Eu poderia não olhar ou segui-lo com os olhos até que desaparecesse numa esquina ou descida, mas ainda assim era minha escolha virar ou não a cabeça.

Na esquina seguinte, encontrei Luiza. Não foi uma escolha. Foi o acaso. E meus olhos se fixaram à imagem dela.

— Oi — ela disse como se também não tivesse escolha.

Eu queria ter dito algo.

O Caetano me disse uma vez que eu não estava no controle. Nunca. Era porque eu contava sobre meu medo de voar. Quando eu tenho medo, eu fico murcha, quieta, com cara de quem espera a morte certa e reta. Então, toda vez que entro num avião, fico com essa cara. Converso normalmente com as pessoas, posso até fazer piadas e jamais terei um ataque histérico. Jamais. Porém, minha cara será dura e nula e triste por todas aquelas horas em que ficarei dentro do avião, que nada mais é do que um tonel de aço cheio de combustível inflamável dentro. Assistirei a todos os filmes, seriados, programas e nada mudará. Uma vez, eu tinha medo de ser esmagada por um portão eletrônico. Curiosamente, meu medo passou quando um portão eletrônico caiu na minha cabeça e nada aconteceu. Nada além de um calombo na minha testa. Eu tinha certeza de que cedo ou tarde eu encontraria a Luiza na rua, aqui ou no Rio, na casa do caralho, não importava, eu tinha certeza. Não pensei que fosse acontecer tão cedo. Mas foi assim. O homem com olhos de arapuca tinha me dito que eu não estava no controle, que no máximo eu tinha a ilusão de estar controlando algo, mas que nada, nada mesmo estava sob o meu aval. Naquele dia, no consultório, eu me segurei firme nos braços da poltrona e passei a aceitar a vida como na iminência de uma fatalidade e minhas sobrancelhas se arquearam de maneira a não voltarem mais ao normal, me dando esse ar de espanto perpétuo.

Eu queria ter dito algo. Entretanto, apenas me segurei firme na mureta da casa, enquanto Luiza passava por mim, enquanto Luiza virava a esquina, enquanto Luiza sumia da minha vista de novo. Se o mundo ruísse ali, se um avião ou um portão eletrônico despencassem na minha cabeça, eu não teria nada a fazer.

FLOR, FLORES, FERRO RETORCIDO

OS CABELOS CRESPOS LHE ESCORRIAM como rios rebeldes pelos ombros. Talvez fosse o fato de estar sempre de chapéu e alpargatas que lembrasse um pouco o Renato Borghetti, o cara da gaita. Toda vez que penso naquele tempo e lugar e tento me lembrar do rosto das pessoas e talvez da voz, o que me vem de mais marcante é a imagem dela.

Era 1988, mas, pensando agora, parecia tudo muito mais antigo. Na frente da minha casa ficava o mercado do seu Kuntz, uma peça de chão batido com paredes sem reboco. Era ali que eu passava as tardes com a Celoí, filha do seu Kuntz. A mãe da Celoí tinha morrido de parto, o que os tornava, o seu Kuntz e a Celoí, uma dupla muito séria. Eu gostava de ir lá porque era exatamente na frente da minha casa e porque ela tinha o último álbum da Xuxa, aquele com *Ilariê*, *Abecedário* e *Arco-íris*, e a gente ficava dançando na frente da vendinha até mais ou menos as seis e trinta, porque sabíamos que às sete horas o transformador da rua explodia. Sim, era sempre às sete horas da noite. O transformador, acho, não aguentava tanta gente assistindo novela, tomando banho, ligando rádio, usando o liquidificador, quem sabe, e começava a fazer barulhos e soltar faíscas, até que bum! Todos ficavam sem luz por algumas horas, como se estivéssemos em uma remota aldeia amazônica. A rua não tinha calçadas feitas, os paralelepípedos eram completamente irregulares, o que arrancava muitas unhas de nós, crianças, que estávamos aprendendo a jogar bola, andar de bicicleta ou simplesmente dançar a música mais tocada do momento. Nada mal para aquele bairro pobre na divisa entre Campo Bom e Novo Hamburgo.

Minha casa ficava entre duas oficinas: a da família Klein, todos loiros de olhos perturbadoramente azuis, pai, mãe e a filhinha pequena, não lembro o nome deles; e a da figura mais marcante da minha infância, cujo rosto eu vi uma única vez e nunca mais me esqueci. As duas oficinas tinham clientela boa, mas havia uma tensão entre os terrenos, tensão que atravessava as paredes da minha casa por ambos os lados.

Meus pais eram amigos da família Klein e, com frequência, almoçávamos juntos nos fins de semana. Meu irmão e eu brincávamos com a menina deles. Acho que ela tinha a idade do meu irmão, mas está tudo impreciso. O fato que mais se enraizou na minha memória desses almoços foi um dia em que ouvi a seguinte frase: como pode uma machorra daquelas? E eu, curiosa que era, rapidamente perguntei o que era uma machorra. Silêncio completo, minha mãe começou a rir de um jeito esquisito, era embaraço. Os homens coçaram a cabeça e se enfiaram rápidos dentro dos copos de cerveja que bebiam. A mãe da família Klein estava tão estarrecida que aquela palavra tivesse ido parar na minha boca que começou a rir também. Minha mãe tentou remediar. Cachorra, minha filha, cachorra. Mas eu tinha certeza que tinha ouvido machorra e insisti. Eles mudaram de assunto e me ignoraram. O que eles não estavam esperando era que eu ficasse de orelhas em pé, ligada em tudo o que falavam, e, quando voltaram ao assunto, eu preferi ficar quieta ouvindo, fingi interesse em uma boneca, mas minha atenção estava completamente direcionada a eles. Então eu entendi que falavam da vizinha da oficina. Ela era uma machorra.

No outro dia, fiquei plantada no muro para ver se a encontrava e, quando ouvi as alpargatas arrastadas se aproximando, me estiquei mais ainda por cima da cerca. E caí. Ela veio correndo me socorrer e me lembro de uma voz de fada me perguntando se eu estava bem, se tinha me machucado. Minha mãe saiu correndo de casa, me ergueu pelos pulsos e me puxou de volta para o pátio. Ouvi um obrigada por parte da minha mãe, um de nada por parte da vizinha, seguido de um ronco de cuia. Olhei para a minha mãe e perguntei por que ela era machorra. O ronco da cuia parou. Minha mãe enrubesceu e, enquanto me arrastava para dentro de casa, perguntou onde é que eu estava ouvindo uma coisa daquelas. Eu respondi que tinha sido no almoço do dia anterior. As alpargatas estalaram na terra dura em direção ao galpão da mecânica. Minha mãe se escorou na pia com as duas mãos no rosto e suspirou de um jeito muito preocupado. Eu fiquei em pé, limpando a terra dos meus cotovelos e verificando se estava tudo certo comigo, afinal, eu tinha caído por cima de uma cerca; estranhamente, minha mãe não estava preocupada com isso. Minha filha, você não pode dizer essas coisas para as pessoas. Eu perguntei de que coisas e de que pessoas ela estava falando, porque honestamente não me lembrava, e a resposta veio na forma de um tabefe no ombro. Não doeu, mas eu fiquei muito magoada e fui para o meu quarto chorar. Entre um soluço e outro, eu ficava tentando entender o que era uma machorra e por que aquilo tinha ofendido a vizinha e preocupado a minha mãe. Cheguei à conclusão de que deveria perguntar mais uma vez.

É uma doença, minha filha. A vizinha é doente. Voltei para o quarto quase satisfeita. Se era doença, por que não tinham me dito logo? Fiquei pensando se era contagiosa, mas concluí que não era, porque a mecânica estava sempre cheia. Voltei para a cozinha. Doença de que, mãe? Minha mãe mais uma vez colocou a mão no rosto e respirou fundo. De ferro retorcido que tem lá naquele galpão. Eu não sabia que se podia pegar doenças de ferro retorcido, mas me dei por satisfeita quando no outro dia a professora explicou sobre o tétano.

Na manhã seguinte, eu fiz o que qualquer pessoa faria por um doente, ou o que eu entendia, na minha cabeça de criança, que qualquer pessoa faria: levei flores. Eu tinha visto na tevê. Peguei as flores que cresciam atrás da minha casa, flor de mato mesmo, umas amarelinhas e um punhado de margaridas. Fui até a mecânica bem cedo sem que ninguém me visse e deixei as flores na porta dela, dentro de um copo d'água. Deixei também um bilhete desejando melhoras e pedindo que, por favor, colocasse as flores num vaso e devolvesse o copo, porque minha mãe poderia dar falta. Ao meio-dia, quando eu voltava da escola, vi que as flores não estavam mais lá e sorri contente, porque ela as tinha recolhido. Entrei em casa feliz e saltitante, mas minha alegria foi quebrada em pedacinhos quando vi a cara da minha mãe, com o copo na mão, perguntando o que eu tinha na cabeça. Eu expliquei para minha mãe que, se a vizinha estava mesmo com machorra, seja lá que doença fosse aquela, alguém precisava ir lá e desejar boas melhoras. E foi o que eu fiz. Minha mãe me abraçou bem forte e disse que eu era uma ótima menina e que por isso eu não devia brincar perto da oficina. Eu perguntei de qual e ela disse que era a da vizinha. Então eu perguntei se eu podia brincar perto da oficina do senhor Klein e ela disse que sim. Eu saí para falar com a Celoí, porque não me interessava brincar em oficina nenhuma.

A Celoí colocou o disco da Xuxa e nós ficamos dançando entre os sacos de feijão e a pilha de cera vermelha para piso. Lembrei, naquela hora, que minha mãe sempre comprava aquela cera e eu não entendia porque nosso chão não era vermelho, mas, quando eu fui perguntar para a Celoí sobre a cera, a vizinha entrou. Eu parei de dançar e fiquei petrificada. Meu primeiro pensamento foi de que uma doente não deveria sair de casa, então, perguntei: a senhora está melhor? Ela virou para mim com os cabelos molhados em cima do rosto e, com uma boca bem rosada e uns olhos carinhosos cor de mel, me disse que nunca esteve tão bem. Agradeceu as flores e se ajoelhou para me dar um beijo. Nessa hora, minha mãe apareceu e me puxou pelos cabelos. Ouvi o pai da Celoí dizendo não se preocupe, Flor.

Flor, o nome dela era Flor. E ela parecia uma flor mesmo. Na verdade, o nome dela era Florlinda. Eu perguntei para a Celoí no dia seguinte e comentei sobre a história da doença. A Celoí revirou os olhos como quem chama alguém de ignorante, não disse nada, me pegou pela mão e me levou até o quarto dela, pegou um ursinho peposo e duas barbies. Muito bem, não eram barbies, eram imitações, mas davam para o gasto e serviram muito bem para o que ela me explicou. Eu tinha oito anos, a Celoí tinha onze ou doze. Ela pegou uma boneca e o ursinho e começou a explicação. Esse é o homem e essa é a mulher, quando os dois se amam, vão para o quarto e ficam assim — e colocou um em cima do outro —, teu pai e tua mãe fazem isso e é por isso que tu existe e teu irmão também. Eu sacudi a cabeça e tentei acompanhar o raciocínio. Depois ela pegou as duas bonecas, fez a mesma coisa e disse que tinha gente que fazia daquele jeito. Isso é machorra, mas é feio falar isso, meu pai disse.

O seu Kuntz era um homem bem quieto, mas sabia dar atenção às pessoas. Ele e a Flor eram amigos, seguido eu via os dois tomando chimarrão no pátio dela ou na frente da vendinha. Até pensei que eles fossem namorados e perguntei para a Celoí. Ela me deu um sopapo e irritada quis saber se eu não tinha aprendido nada com a explicação das bonecas. O fato era que bonecas eram bonecas, ursos eram ursos e machorras eram machorras. A Celoí tentou de novo: vamos ver, por exemplo, tu gosta mais de boneca ou de carrinho? Depende qual boneca e qual carrinho. A Celoí revirou os olhos daquele jeito. Prefere dançar Xuxa ou brincar de pegar? Eu não sabia responder, porque tudo dependia e eu não estava entendendo aonde ela queria chegar. Tá bem, gosta de rosa ou azul? Gosto de verde. Meu deus, essa é sua última chance, gosta mais de mim ou do Claudinho? O Claudinho era um guri da rua que a Celoí achava lindo. De ti, é claro, eu respondi. Então tu é machorra, ela falou sem paciência.

    Voltei para casa cabisbaixa naquele dia e, ao atravessar a rua, dei de cara com a Flor, escorada entre o meu portão e o contador de luz. Pequena, por que está com essa carinha triste? Porque a Celoí acha que eu estou doente também, que eu tenho o mesmo que a senhora. Arrastei os tênis no cascalho. Ela se agachou e colocou a mão na minha testa, como se para conferir alguma febre. Bobagem, tu tá ótima. Não há nada de errado contigo. Eu ergui os olhos para ver se ela tinha uma cara honesta. Ela tirou os cabelos da frente do rosto e o transformador explodiu. As faíscas que caíam iluminaram os olhos dela e, naquele momento, ela era a flor mais bonita que eu já tinha visto.

BOTINAS

ARRASTOU AS BOTINAS NA LAMA porque era a única forma de se mover para frente, se mover para fora. Morreu. Ela pensou. Morreu. Não importa o que eu tenha dito, o quanto eu tenha pedido, quantas promessas eu tenha feito, quantas noites eu tenha perdido, o quão jovens somos. Éramos. Era. Eu sou ainda. Nada, nada importou. Morreu. Ela pensou olhando fixo para a poça de barro vermelho, onde seu reflexo entortava. Daquelas coisas que você não acredita. O elevador despencou, foi atropelada por um ônibus, caiu e quebrou o pescoço, teve um câncer fulminante, engasgou com um caroço de azeitona, escorregou na calçada e bateu a cabeça, se afogou, se acidentou de carro, bala perdida. Nada disso. Suicídio. Pegou as porcarias que tinha em casa e tomou. Perguntava-se como tinha acontecido.

K chegou em casa dentro daquela tristeza espessa na qual há meses vivia. Sentou no sofá e esperou alguns segundos para ver se sentia alguma coisa. Porque ela tinha vindo decidida. Não era nada, não era nada, diziam, bola para frente. No entanto, era um descolamento, a sensação de não pertencer a lugar algum, de ter sido arrancada do mundo, golpeada para longe do que se entende por amor. Não era bonito. Era frio, feio e doloroso e sozinho sentir-se daquela maneira. Não havia ninguém capaz de tirá-la daquilo. Nem Fran. Abriu a garrafa de vodca e bebeu um copo, depois outro, depois mais um. Só então pegou os comprimidos. Cartela de frontal, cartela de rivotril, cartela de anafranil, cartela de lexotan, cartela de tylenol, cartela de plasil. Estourou todas as bolhas restantes, todas as cápsulas que guardavam as bolinhas. Pensou por um instante no porquê de tantos remédios. Foi jogando um por um dentro do copo vazio, enquanto fumava um cigarro. Passou as mãos na cabeça diversas vezes, gostava da sensação do cabelo crescendo, pontudo. Com os dedos, contornou a cicatriz acima da orelha, quase na parte de trás da cabeça. Levantou do chão da sala para ir até a cozinha pegar uma colher. Não chorava. Essa era a pior das agonias, aquela que impedia de sentir. Passou a esmagar os comprimidos. Misturou um pouco de vodca até que virassem uma pasta. Girou a colher e viu partículas brancas dançando. Levantou novamente, arrumou a máquina de cabelo no 2 e raspou tudo sem se olhar. Voltou a passar as mãos na cabeça e se sentiu bem. Encheu o copo até a metade com vodca, encheu os olhos até as bordas. Mistura esbranquiçada. Bebeu em três goles e terminou de fumar o cigarro. Depois caiu numa letargia boa. Sentiu sua cabeça leve, numa espécie de transe. No corpo, uns choques esporádicos, como se alguém batesse nela de dentro para fora.

Só encontraram K na quarta à noite. Arrombaram o apartamento porque Fran insistiu que havia algo errado. Encontram-na com as mãos na cabeça, como se estivesse tentando se proteger de algo.

Vinte e quatro horas depois de terem achado o corpo, Fran continuava na sala, imaginando a cena continuamente, não queria mais tentar compreender, só tinha essa curiosidade. Não. Essa necessidade de partilhar. Levantou e enfiou as botinas marrons de K, botinas que lhe apertavam os pés, mas agora não importava.

Fran não foi ao velório, não queria aquela última imagem estática.

Numa dessas tardes em que conversavam sobre todas as coisas, K disse que queria ser cremada. Ela falou sobre o corpo evaporar quando é incinerado. Mil e duzentos graus e, em segundos, você não é nada além de pó e restos minerais. Fran não ouviu. Ela fez que ouviu, mas ficou cantando músicas alegres na sua cabeça, porque sabia que se ouvisse a explicação, aquelas imagens ficariam gravadas dentro dela e seria mais um medo inútil, mais uma angústia para carregar.

— Quando eu morrer, quero ser cremada, já registrei.
— Isso custa bastante dinheiro?
— Pra queimar não muito. O caro é ficar na geladeira antes.
— Geladeira?
— Deixa pra lá.
Riram.
— Sonhei uma coisa esquisita.
— Conta.

— Eu tava num incêndio e ao invés de deixar o prédio, eu voltei pra buscar o meu computador. Eu olhava a minha pele queimar. E vi bolhas brotarem, estourando uma depois da outra. A minha pele se dilacerando e eu ficando exposta, tão exposta que se passasse qualquer brisa fresca, me rasgaria inteira. Quando saí, vi um lago e quis entrar imediatamente. Mas pensei que, se entrasse na água a dor não aliviaria, cada gota entraria nas feridas fazendo com que elas ficassem pesadas, encharcadas, ainda mais doloridas. Talvez mais difíceis de cicatrizar. Aí acordei.

— Que sonho horrível.

— E sabe o quê, Fran? É assim que eu me sinto. Completamente desfigurada. Cheia de feridas pesadas, nojentas, que não vão curar. E vão causar sempre essa sensação de repulsa. Minha. Nem abraço nem toque nem nada reconforta, porque o que eu sinto é nojo. Quando alguém me encosta, eu tenho medo e nojo. Vou sujar a pessoa com meu pus e ela vai deixar que minhas feridas infeccionem. Qualquer menção de proximidade me causa pavor — e fez uma pausa. — Contigo, é diferente. Não sei dizer, parece que, contigo, as coisas vão melhor.

— Vão sim. Eu vejo.

Silêncio:

Fran tinha ouvido histórias de K ter matado um colega de faculdade. Tentava se defender de um grupo de três colegas. Mas nunca contou, nunca tocou no assunto. Fran nunca soube se aconteceu, K não falava. Mas Fran sabia que algo de muito ruim tinha acontecido. A família mudou de estado, K largou a faculdade e foram parar lá, perto de Fran. Nem lembra como foi que se conheceram, acha que através de amigo de amigo de amigo ou na rua.

Se olharam e se compreenderam e é tão raro que isso aconteça que não se questiona. A trajetória de K era um mistério. Não sabia por onde ela tinha andado, não sabia que caminhos tinha feito ou em que ruas escuras tinha se embrenhado até então. Só sabia que era preciso inventar novas palavras para descrever sentimentos, essas que tinha não bastavam, ao menos não bastavam para K. E Fran tentava.

— Por que você voltou para pegar um computador?
— O quê?
— No sonho.
— Não faz diferença.
— Por que não faz?
— Eu fiquei muito tempo me perguntando por que foi que eu voltei pra pegar aquele computador. Mas poderia ser qualquer coisa, sabe, qualquer pessoa. Por que é que eu continuo procurando coisas no inferno? Eu tento. Eu quero tentar. Sou eu, entende? Não estou bem. Estou indo. Pensando nos porquês. Vou ficar ok. Acho que pensar nas causas me ajuda a chegar a alguns lugares importantes.
— E chegou a alguma conclusão?
— Continuo sem entender a maioria dos porquês e dos lugares, mas ao menos os estou visitando. Sei lá.
— Seja lá o que tenha acontecido, não foi culpa sua, K.

Até que K se matou e Fran se viu parada na porta do crematório pensando em todas as coisas que ela tinha dito naquela tarde em que se podia falar sobre tudo mesmo, pensando no corpo de K dilacerado, bolha depois de bolha, tudo em segundos. O cheiro da carne queimada. Uma fotografia que se avermelha antes de se esburacar e se consumir por completo. Calor áspero nas memórias que se reduzem a pó e evaporam num vento quente. E pensou que seria bom se evaporassem, ficando nesse estado gasoso de leveza, assim é mais fácil mantê-las. Apenas uma sensação de calor e a imagem meio avermelhada, impossível de distinguir. Recordação e só. Não pôde fazer nada. Quando se deu conta, estava na porta do crematório, olhando fixo para um ponto cego. O ponto que a fazia queimar junto, porque não podia fazer nada, não sabia como.

Nos pés, as botinas apertadas de K e o desejo de refazer seus passos. Não conseguia entender, embora quisesse, com as forças de que dispunha, procurar algum traço de resposta, indício, sintoma. Arrastou as botinas na lama. A garoa fina que caía ensopava o casaco de lã e sopesava seu corpo inteiro. O peso terminava por espremer seus pés contra o solado das botinas que, por sua vez, se afundava na lama do cemitério. Nenhuma resposta ocorria à Fran.

Depois sonha com K. Sonha que estão conversando, olhando a noite pelo janelão da sala e, numa distração de Fran, K se joga. Fran assiste à queda, mas não olha lá embaixo, em direção à calçada, continua olhando para cima, reto para o norte, esperando que K apareça.

MINHA PRIMA ESTÁ NA CIDADE

ABRI A PORTA DO APARTAMENTO, vi a luz do banheiro acesa e comecei a discernir um barulho de chuveiro: entrei em pânico. Minhas colegas de trabalho me olharam, eu olhei de volta para elas, congelada. Lembrando agora é engraçado, mas na hora foi terrível. Eu só queria fazer uma janta lá em casa. Apartamento novo, trabalho novo, essas coisas que a gente faz para se entrosar. Aproveitei que a Bruna estava viajando e decidi convidar o pessoal da firma. É que eu nunca tinha falado da Bruna para nenhuma das minhas colegas. Eu trabalho num lugar que não me permite fazer isso. Sei lá, a Bruna é designer, acho que, no meio em que ela circula, é mais fácil aceitar. Eu vou jantar com os amigos da Bruna, amigos do trabalho. Eles sabem que a gente é um casal, porque a Bruna não tem problemas com isso. Eu tenho. Quer dizer, já tive mais, mas agora consigo lidar até bem com essa questão de sexualidade, claro, dentro da minha cabeça. Não conto para muitas pessoas, tem gente que não precisa saber, não faz diferença. Por exemplo, as minhas colegas de trabalho não precisam saber, nem a minha família. Minha família adora a Bruna, eles só acham engraçado ela morar comigo, já que é uma mulher feita que tem uma carreira relativamente estável, sabe? Acham que ela poderia já estar casada, morando com um marido bacana. Aí, eles mesmos se desdizem, ah mas hoje em dia tá assim, pode casar tarde mesmo, primeiro tem que estudar, fazer um pé de meia pra depois pensar em ter uma família, acho que ela tá certa. Acontece que eu e a Bruna somos uma família, mas eu demorei para entender que éramos. Foi um dia em que eu fiquei bem doente e cogitei a possibilidade de passar a noite na casa dos meus pais, e a Bruna ficou puta comigo, com razão. Aquela era a nossa casa e eu podia me sentir bem e protegida ali, foi assim que eu comecei a entender. Comecei a entender com cheiros de sopa e pão, banhos quentes e carinhos e escolhas bobas como a cor dos móveis ou a necessidade de uma cortina, assim comecei a entender o que era uma família, com louças acumuladas e montes de cabelos que se perdiam pelo chão, cabelos pretos e compridos, porque eu e a Bruna temos cabelos pretos e compridos. Minha família estava ali, com louça, gripes, montes de cabelos, cheiros de comida caseira, café na cama e banhos quentes, com brigas e pedidos de desculpas, carinhos, amores, cuidados, e era mesmo uma família, até quando ficávamos vendo televisão no domingo de tarde ou quando levávamos nosso cachorro imaginário para passear no parque. Não é que não gostamos de bichos, só não queremos ter nenhum no momento, nem eu nem ela temos tempo ou disposição para um bichinho agora, então temos essa piada de casal lésbico cool que tem cachorro e leva para passear no parque no domingo de tarde. Levamos a Frida, nossa cachorra de gênio mexicano para passear no parque e rimos quando jogamos uma bola imaginária para ela e rimos mais quando damos um biscoito imaginário e quando deixamos de recolher a merda imaginária que ela faz no canteiro da casa em frente ao nosso prédio. Mas é tudo muito discreto e essas são as piadas que nós temos e que não podemos contar para outras pessoas, porque é mais estranho do que engraçado, mas é também pelas estranhezas que as pessoas se unem. Eu amo a Bruna e nunca quis magoá-la e nunca vou querer. Temos essa combinação de evitar dizer coisas das quais possivelmente nos arrependeremos mais tarde e nunca, nunca ameaçamos uma a outra com um término de relação a menos que isso seja mesmo uma possibilidade, aliás, mais do que isso, que seja uma vontade legítima para além daquele momento. Desde que estabelecemos esses acordos, nossa vida anda tão melhor, temos essa espécie de cumplicidade que nos protege de contar nossas piadas ruins para as outras pessoas, que nos protege de assumir para os outros que, apesar de lermos e irmos a exposições, porque isso é meio compulsório no mundo lésbico artsy pseudocult, pseudointelectual em que vivemos, ainda assistimos programas de televisão como Faustão, Big Brother, novelas e Honey Boo Boo, dublado, diga-se de passagem, e que finalmente nos protege da falta de amor do mundo, porque nós duas nos cobrimos, nos acobertamos e nos namoramos desse jeito simples. E só eu sei como a Bruna pode ser chata quando fica doente e como fica ansiosa quando tem que entregar algum projeto, só eu sei que a ansiedade dela faz seu rosto se encher de espinhas e seu coração disparar durante a noite e nos tira o sono, porque eu também me preocupo e mesmo que eu diga cem vezes que ela vai conseguir fazer, só eu sei que ela não vai acreditar, só eu sei. E só ela sabe como eu sou chata com coisas absolutamente irrelevantes como não sujar o pano de secar a louça, não sentar nas almofadas do sofá, só ela sabe como eu sou chata com o modo de dobrar as roupas e com a disposição dos livros nas prateleiras e no banheiro, só ela sabe, mesmo que isso seja normal entre todos os casais do mundo; de nós duas, só nós sabemos. E o que importa é mesmo pensar que somos únicas. Mas a vida não é tão fácil nem tão boa que tudo possa ser perfeito sempre; às vezes, a gente não se entende e, às vezes, ela diz coisas que eu acho que me ofendem e mesmo que ela diga que não foi por querer ou que não foi aquilo que ela quis dizer, eu continuo ofendida e magoada e ela sabe que eu preciso de silêncio nesses momentos e eu sei que ela precisa falar e a gente fica tentando achar uma medida para nossa vida funcionar. Eu mordo meus lábios e tento dormir e vejo que ela fica aflita porque não queria ter me magoado, então ela vem me abraçar, tentar falar comigo, mas eu não consigo, e ela sabe que eu não consigo e é aí que a gente se entende porque a gente sabe uma da outra. Quando sou eu que faço ou geralmente deixo de fazer algo, e ela se magoa, é igualmente difícil, pelo mesmo motivo: ela quer falar e eu não consigo, mas a gente tenta conforme a urgência e a mágoa de cada uma. Até agora tudo tem estado bem, mesmo depois que eu abri aquela porta com três colegas de trabalho que não tinham a menor ideia de quem era a Bruna e, assim que ela saiu do banho, de toalha enrolada e disse oi para todas nós, mesmo depois de tê-la apresentado daquele jeito, as coisas ainda estão dando certo. Eu só queria fazer uma janta aqui em casa, falei para a Bruna na hora, e ela me olhou cabreira, mas já sabendo do que se tratava, então ela me disse que tinha chegado antes da viagem porque a feira de produtos estava chata e ela tinha resolvido voltar. Nesse tempo, minhas colegas estavam paradas ali, meio sem saber o que estava acontecendo, a Bruna ficou esperando que eu dissesse algo, explicasse quem eram aquelas pessoas na nossa casa, e eu disse:

Bruna, essas são minhas colegas de trabalho.

Gurias, essa é a Bruna. Minha prima. Ela veio fazer uma prova. Veio fazer o Enem.

A Bruna olhou para minhas colegas e as cumprimentou como se aquilo de prima e Enem fosse a mais ordinária verdade e pediu licença para ir estudar. Eu fiquei na cozinha com as gurias, mas a comida desceu arranhando a noite toda. Depois que elas foram embora, eu fui falar com a Bruna e ela só me disse que em algum momento aquilo teria que mudar, riu do absurdo e disse também que a verdade teria sido indolor, talvez, mas não tinha certeza, talvez estivesse errada. O fato é que continuamos tentando.

DREAMING

A GARRAFA GIRANDO, GIRANDO, a cada volta eu pensava: tomara que essa merda não caia virada para mim. Dito e feito. Era eu quem respondia. A boca da garrafa me olhava com seu oco. Sempre as brincadeiras que a Rochelle inventava para constranger as pessoas, como se ainda fôssemos adolescentes. Mas tudo bem, era só responder a umas míseras curiosidades. Porque as pessoas têm curiosidades. Eu sei que comigo era um pouco diferente, eu era reservada e, por ser reservada, todas achavam que eu não tinha nada para contar, que eu não tinha vivido absolutamente nada. O que perguntar para a Raquel, a comedida, a resguardada, o quê? Todas reviravam os olhos em busca de algum assunto ameno para me questionar. Eu confesso que estava um pouco enfadada daquele jogo idiota, então tomei meu vinho num gole só, passei a mão no vinho da Tassi, tomei também e depois na taça da Elisa. Pronto. Todas já me olhavam preocupadas. Tá, legal, gurias, eu vou contar uma história que me aconteceu quando eu morei nos Estados Unidos. Acho que de vocês só a Rochelle me conhecia naquela época. Sim, Racks, vai contar de quando pintou o cabelo de acaju? Todas riram. Sim, teve isso. Mas teve a Mel também. Se olharam e depois me olharam como se eu fosse a coisa mais rara da Terra. Eu fico meio cansada com a incapacidade criativa de vocês. É, vamos colocar dessa maneira. Vocês olham para mim e veem a Raquel, responsável, empresária, nunca sonega imposto, faz toda a porra certinha, enfim, vocês me olham e pensam: uma mulher como a Raquel, tão, mas tão sem graça, jamais pode ter tido seus dias de testar os limites. Pois eu quis testar os meus limites, eu quis. Vou começar a contar a história da parte que interessa, quando eu me mudei para perto do Castro. Eu preciso explicar para vocês o que é Castro? Silêncio. Ai, por favor, deixa ver, assistam *Milk*, vai ficar bastante óbvio. Ah, façam o deslocamento temporal necessário, é claro.

Eu olhava para a cara delas e ria por dentro. Ria parte por tensão, parte por constrangimento, parte por vingança. A Tassi fazia uma cara incrédula, porém interessada. A Elisa tinha uma expressão meio assustada, e a Rochelle tinha o semblante curioso e afoito.

Te contei isso será, Rô? Nunca! Não sei que história de Mel é essa. Pois então, vou começar direto no dia em que conheci a Mel, numa festa na casa de alguém cujo rosto eu sequer vi. Cada um levava a sua bebida e eu apareci com uma garrafa de uísque. A Mel apareceu com a mesma coisa e foi a bebida que nos aproximou. Notamos nossas garrafas e ela veio me perguntar se eu gostava de beber aquilo, visto que era tão cheap e eu disse que sim. Ri e disse que era uma boa bebida. Sentamos numa mureta atrás da casa e ali ficamos fumando, bebendo e conversando. Ela era californiana. Loira, bronzeada e longilínea. Cara de surfista, com as bochechas queimadas permanentemente. Um clichê. Um amigo dela chegou perguntando se queríamos pó, eu respondi que sim, porque ela respondeu que sim muito naturalmente. Demos o dinheiro e eu, honestamente, achei que o cara fugiria com aqueles dólares, mas não, trinta minutos depois tínhamos uma bucha de cocaína para cada e ali mesmo, na mureta, em cima de um espelhinho de maquiagem, cheiramos a primeira e a segunda. Cocaína é difícil de administrar, vocês não acham? A gente fica muito out, digo, muito expansiva, eu me lembro de ter gesticulado muito, vocês não acham isso da coca?

Todas em silêncio. Ah, vocês nunca cheiraram cocaína. Mas a Tassi balançava a cabeça dizendo que já tinha cheirado uma vez. Eu respondi que não valia. Você só pode comentar uma experiência com cocaína na medida em que perde o controle de si, aliás, acho que qualquer experiência com drogas que valha a pena relatar tem que ter a ver com a perda do controle em alguma instância, se não houver, cale-se e vá se drogar outra vez, porque você fez alguma coisa muito errada.

As garrafas já iam pela metade quando a polícia apareceu. Aquilo foi tenso, mas a Mel disse para eu relaxar, porque a polícia não podia invadir as casas, teríamos apenas que entrar e talvez desligar o som por alguns minutos até o carro e as sirenes se afastarem, depois voltaria tudo ao normal, na pior das hipóteses, teríamos que ir para casa, ela disse. E a ideia de ir para casa mexeu com alguma coisa dentro de mim. Talvez pelo cansaço, talvez por me dar conta do que tinha feito até então.

Os amigos da Mel logo voltaram com mais pó e com o convite de invadir uma mansão que estava vazia naquele fim de semana para ocupar a piscina. A Mel nem titubeou, apenas comentou que finalmente alguém tinha achado uma casa com piscina. Fomos em oito, creio. As outras trinta pessoas continuaram a bebedeira onde estavam. Ao passar pela sala, antes de ir embora, vi um cara desacordado ao lado de uma poça de vômito e duas garotas se beijando numa poltrona. A negra estava sentada com as pernas abertas e sem camiseta e a loira com cara de menor de idade estava sentada em seu colo. Uma tinha a mão dentro das calças da outra e aquilo tinha jeito de estar tão bom que nenhuma das duas parecia se importar com o entorno. Eu me demorei na observação do evento e senti a mão da Mel agarrar meu punho, me puxando para a saída.

A minha garrafa já tinha terminado quando chegamos à tal mansão, aí eu descobri que andava com uma espécie de *Bling ring*, não me lembro de qual famoso era a casa, mas lembro que era de algum famoso.

As gurias me interromperam perguntando como que eu não lembrava a qual famoso pertencia a casa, se aquilo era a informação mais relevante da noite. Eu as lembrei de que já havia bebido uma garrafa de uísque e por ali já tinha também cheirado a bucha toda de cocaína. Silenciaram dentro de uns goles do chardonnay de qualidade duvidosa que a Rochelle tinha trazido.

Assim que pulamos a cerca, que era ridícula, só um matinho com arames para sustentar, todos começaram a tirar a roupa e pular na água. Olhei para a Mel e ela puxava a camisetinha por cima da cabeça, desafivelou o cinto e baixou o jeans até os joelhos, o resto foi pisoteado até que ficasse nua. No meio dos seios bem pequenos e rosados, uns colares se acumulavam. Eu fiquei meio atordoada, ela era muito, muito bonita. Eu nem entendi direito a beleza dela. Sabem quando isso acontece? Quando alguém é tão, mas tão bonito que a gente meio duvida, meio não entende, pois foi isso que aconteceu. Antes de correr para a piscina, ela veio na minha direção, esticou o braço com a garrafa na mão e perguntou se eu precisava de mais uns goles. Eu não tirei os olhos dos olhos dela, dei um gole no uísque e tirei a roupa também. Ela me puxou pelo braço e num segundo eu já estava soltando bolhas pelo nariz. A água e a noite estavam mornas. No emergir do mergulho, eu senti umas mãos em torno da minha cintura e meus lábios foram cobertos pelos lábios descascados da Mel. Continuei de olhos fechados, beijando e buscando ar. Acho que aquilo pode ter confundido um pouco as coisas. Saí da piscina e fui sentar numa espreguiçadeira, a Mel veio atrás, perguntando o que tinha acontecido, se ela tinha feito algo errado. Eu disse não e dei um beijo na bochecha dela. Ela disse I got it. Aquele era o limite. Eu olhei ao redor e fiquei pensando que tinha vinte anos e que um dia eu estaria numa mesa com amigas sem graça contando alguma coisa surpreendente. Tinha que ser isso. A Mel ia levantando e eu a segurei pelo braço, perguntando se tinha mais uísque e mais pó e ela disse que sempre tinha mais o que eu quisesse. Nos beijamos de novo. Eu continuei buscando um pouco de ar, porque agora era preciso mesmo. Ela me perguntou se eu queria ir até a casa dela, eu sugeri que fôssemos à minha. Ela concordou.

Era bom andar de madrugada nas ruas íngremes, a gente se sentia absurdamente segura. Nos Estados Unidos, tudo funciona como num cenário, cortinas se abrem para luas que brilham no mar sobre tetos de casinhas coloniais, pórticos de madeira, cercas brancas, varandas onde balanços vazios se penduram como convites. Além disso, São Francisco proporcionava uma sensação de atemporalidade, poderíamos estar em 1960 e dar de cara com Patti Smith e Robert Mapplethorpe, num passeio fugidio pelo outro lado do país, calças justas, colares e camisas abertas, ou dobrar uma esquina do Castro e tomar parte numa passeata com Harvey Milk, não sei se eram as minhas influências ou o quê, mas eu não acreditava nos anos 2000. Não ali. Eram mais plausíveis outros cenários. Sempre tive essa coisa nostálgica em mim, um desejo de ser em outro tempo, e olhar a Mel com aquele cabelo desgrenhado, meio hippie, no portão da minha casa, ajudava um bocado na cena.

Eu parei e fiquei olhando a ladeira que tínhamos acabado de subir e ela me perguntou se era ali que eu estava morando, eu disse que sim, mas que tinha colegas de casa, por isso precisávamos nos manter quietas. Bêbado nunca tem noção da realidade. Subimos as escadas e eu bati a porta do quarto. A pressa nos despiu e engoliu a noite. Não sei que tipo de barulho fizemos, não lembro. Na verdade, eu nem queria ter levado a menina lá para casa. No outro dia, ela me disse ainda deitada que queria conhecer o Rio. Eu disse para ela que morava no Rio, mas que esse era no sul, falei que morava em Porto Alegre e ela disse que nunca tinha ouvido falar. Não me espantou. Eu traduzi o nome porque ela me perguntou o que aquilo significava: Joyful Harbor, tentei poetizar. Ela achou engraçado. Nos dias que se seguiram, ela ficou me ligando, me procurava no trabalho, aparecia na minha casa em horários inapropriados. Eu tentei cortar as investidas de todas as maneiras possíveis, mas ela não cedia. Dizia que eu deveria me abrir para as coisas boas da vida. Eu tinha me aberto. E tinha sido o suficiente para mim. Naquele momento, eu só queria ir embora. Deixei uma carta para a Mel. Ela continuou me mandando emails. Eu nunca respondi. Eventualmente ela desistiu. Nunca mais nos falamos.

As meninas continuavam quietas, bebendo o mesmo copo de vinho. Ninguém perguntou nada, ninguém questionou a veracidade dos fatos, porque ninguém acreditou na minha história. Nem eu mesma tenho certeza de que as coisas aconteceram do jeito que contei, mas acho que é mais ou menos a verdade. Não importa. Eu continuava sendo Raquel, a pura, e era isso que as chocava.

OS DEMÔNIOS DE RENFIELD

CORTINAS VERMELHAS. Pó. Discos do Leonard Cohen. Sapatos. Parede que sobe até um vão. Parafusos. Não sinto meus pulsos. Débora está amarrada há quatro horas. É um lugar estranho. Ao redor de seus pulsos, estão duas manchas arroxeadas. Ela levanta a cabeça e observa, por alguns segundos, traças na cortina e uma espécie de pequeno altar embutido em uma parede preta. Palavras. Desenhos de giz de cera. Velas. Livro com escritos dourados na lombada. Estátuas. Não as identifica. Débora está pendurada por uma corda de sisal grossa com as pontas revestidas em couro cru que descem de dois ganchos presos no teto. Se pudesse ficar em pé, não estaria nessa situação, mas suas pernas já não têm força. Tem os joelhos meio flexionados e a cabeça deitada no braço esquerdo. Vanessa volta para o quarto com um copo d'água. Está usando longos cílios postiços. Apenas longos cílios postiços. Chega perto de Débora. Eles fazem cócegas em suas costas. Vanessa sussurra um gole. Débora fecha os olhos e move a cabeça para cima e para baixo. Vanessa cola seu corpo no dorso de Débora e aproxima o copo de sua boca. Ela bebe de uma vez. Calma. Vanessa coloca a boca sobre a nuca de Débora. E desce. Olha o vergão que se pronuncia na volta do seu pescoço. Gotículas de sangue brotam vagarosas da pele de Débora. Vanessa derrama o resto da água sem pressa sobre a mancha. Passa a língua por todos os micropontos vermelhos, agora dissolvidos. Suga. Sente um prazer primal. Débora se vira. Entrelaça as pernas na cintura de Vanessa. A pressão nos pulsos alivia. Seus olhos desembaçam por um segundo. Vê uma das estátuas, mas não reconhece. A noite troveja. Débora perde o foco, perde o ar, perde o resto das forças. Ambas se mordem, se beijam, resfolegam.

Uma semana antes, Débora volta para casa mais cedo. Teve uma crise de enxaqueca e mal consegue abrir os olhos. A única coisa que enxerga são minidemônios que dançam sobre seu ombro esquerdo. Esses demônios têm cascos e pisoteiam em voltas, fazendo com que a enxaqueca invada a cabeça toda, tensionando seu pescoço. Uma veia salta. Ou artéria. Ela não sabe. Ouviu dizer que veias não pulsam, as artérias pulsam. Apenas onde o sangue é novo, limpo e se alastra com oxigênio para todas as células do corpo é que as coisas pulsam, mas Débora não acredita que veias não pulsem. Mesmo com sangue velho, asfixiado. Pulsam na sua têmpora. Débora gira a chave da porta e com os olhos meio fechados, como se pudesse conter a dor ou, ao menos, impedir os demônios de entrarem também pelas órbitas, vê Moira estendida no chão da sala. Sobre o ventre de Moira há uma cabeça, cujos cabelos estão esparramados, caídos, misturados ao tapete. Essa cabeça é de uma mulher com costas ossudas que, ao ver Débora, se assusta. Moira permanece nua no chão da sala sem pronunciar palavra. Tem os braços estirados e agora morde o lábio inferior com constrangimento. Fecha os olhos como se assim também pudesse tornar-se invisível. Os demônios pisoteiam a cabeça de Débora, pisoteiam seus seios e vão se enfiando no peito. Afundam-se numa artéria e encontram, contra a corrente sanguínea, o caminho do coração. Lá, seguem sua dança infesta. Débora avança pelo corredor até o banheiro, abre o armário, puxa a caixa da farmácia caseira e toma dois comprimidos para uma puta dor de cabeça. Diz uma puta dor de cabeça em voz alta. Fecha a porta do armário, sai do banheiro, entra de novo, toma dois comprimidos para dormir e vai deitar. Antes de cair no sono, pensa que aquilo tudo era uma consequência. Uma consequência um tanto adiantada de uma briga. Uma briga que se arrastava há meses. Meses que tinham sido cruéis. Cruéis como a imagem de Moira e da mulher no meio da sala. Dorme.

Débora acorda no dia seguinte. São duas da tarde de uma sexta-feira modorrenta. Não tem ninguém em casa. Apenas ela mesma e seus demônios todos, quietos. Quando se mexer, eles vão acordar, propulsando a dor na cabeça e a no coração, mas isso não pertence a ela. São os demônios novamente. Débora se levanta. Se arrasta até a cozinha. Que merda é essa? Ela não entende o que está acontecendo porque o sol está torrando seus olhos e porque os remédios ainda estão fazendo efeito ou não estão fazendo mais. Tem a sensação de estar flutuando, frio. Pega uma garrafa da geladeira. É vinho, acha. Fecha as cortinas. Senta no sofá e olha para o chão, onde Moira transava com uma vagaba. Diz uma vagaba em voz alta. Olha através de uma mancha no tapete. Tira a rolha com os dentes. Cospe a rolha e uns pedaços de cortiça. Vinho caro, rolha de cortiça. Bebe. Está passado. Passado. Distância. Distância. Saudade. Saudade. Moira. Fazia com frequência esse exercício de associação, recomendado pela terapeuta holística de mind free talking. Não precisou de mais do que cinco conexões para identificar o problema. Era um jeito bem simples de criar um foco. A mente trabalha para você. Bebe o resto do vinho. Vai até o banheiro, abre o espelho, puxa a farmacinha caseira, toma mais dois para dormir. Volta para a cama. Se levanta, volta, toma mais um.

    É noite. Débora não sabe de que dia. O celular está sem bateria. Teve um sonho estranho em que Moira tentava acordá-la, pedia desculpas e batia a porta chorando. Abre os olhos. Procura o carregador e liga o celular. Filha da puta. Abre os olhos de novo. Três horas. Abre os olhos de novo. Seis horas. Se levanta e vai ao banheiro. Abre o espelho, puxa a caixa da farmacinha e toma mais dois.

    Sirenes ininterruptas. A cabeça de Débora tremelica como se estivesse na janela de um ônibus em movimento. E para. Treme novamente. E para. O barulho das sirenes é contínuo. Débora olha para a cabeceira da cama e vê que seu celular está tocando. Puxa a tomada para desligá-lo. A sirene continua. Entende que não é uma sirene, é Björk, *Pluto*. O pior toque da história, Moira dizia. Débora sabia que algo estava errado desde que foram morar juntas. Olha o ícone das mensagens, das chamadas e o do email. São tantos números que ela não compreende. Silêncio dentro. Barulho de carros e construções fora. O dia começa a se organizar na cabeça de Débora. Larga o celular. Se levanta. Vai ao banheiro, abre a portinha, puxa a caixa, a cartela está vazia. Tira a camiseta, tira a calça, a calcinha está suja de sangue. Descobre a origem da dor de cabeça. Liga o chuveiro, deixa a água escorrer. Por horas. Água que desce às vezes cristalina, às vezes rosada. Mija. Sente o calor da própria urina descer pelas coxas, joelhos e canelas até se misturar com a água e a espuma perto do ralo, criando tonalidades douradas para o azulejo branco. Desliga o chuveiro. Vai até o quarto, se atira sobre a cama. A poeira se move lenta numa réstia de sol que em pouco tempo se apaga.

Dragões e cavaleiros se posicionam no topo de uma montanha. A boca de uma das criaturas se abre e as labaredas vêm em sua direção. A espada desce. Sua cabeça rola. Acorda.

Débora está sentada sobre a bancada da cozinha. Seu estômago dói e ela está tonta. Come um pedaço de bolo seco e toma uma xícara de chá. Moira foi embora e não há resquício dela no apartamento. Nem roupas, nem livros, nem coisas. Fotos nunca tiveram. Imbecil. Bolo. Fermento. Fermento. Ar. Dessa vez tinha sido mais rápida, e quanto mais perspicaz fosse seu raciocínio, maior era a urgência. Bateu a porta e saiu. A terapeuta holística do mind free talking se orgulharia.

Então é isso, pensa enquanto vai pisando cuidadosamente sobre as flores recém-plantadas na terra preta do prédio vizinho. Moira finalmente foi pega, finalmente foi embora. Quer chorar, mas não consegue. Os demônios beberam todas as suas lágrimas. Quase todas as suas sensações. Moira foi um erro, sabia desde o início. Não consegue desfazer a relação de dependência que criaram, não era a primeira traição, ambas já tinham procurado em outras aquilo que lhes faltava juntas. Mas no meio da casa, no chão da sala, aquilo era mesmo uma afronta, a procura de uma pedra que pudesse machucar quando arremessada diretamente na cara. E foi. Fecha os olhos enquanto a dor da pedrada lhe atravessa o crânio. Sente fome. Vai até o mercado, compra pão, chocolate e uma garrafa. Uma garrafa de qualquer coisa, a primeira que o braço alcança na prateleira das bebidas. Paga. Sai. Continua andando. Senta no muro do prédio vizinho com a sacola entre as pernas e chuta de volta para o canteiro um amor-perfeito. Um papel rola para baixo de seus pés. *Festa à fantasia. Sexta-feira 13. 23h.* Que dia é hoje? Quinta, responde o porteiro com um olhar incriminador. Decerto tinha visto quando Débora passou arrancando as flores.

Janelas fechadas. Débora senta no sofá. Repara uma mancha marrom no tapete. Liga a tevê e fica ali imbecilizada por horas. Abre o saco do pão. Come um pedaço. Abre o chocolate. Abre a garrafa, bebe, cospe, bebe, engole. Mastiga mais pão. Cospe. Deixa a garrafa já pela metade cair no chão. Fecha os olhos. Abre os olhos. Aperta uns cacos de vidro na mão. Solta.

É noite. O sangue nas mãos de Débora está seco. Sexta 13, 23 horas. Lava as mãos e sai. Desce a rua do parque, passa pelas árvores. Está escuro. Débora não sente medo, não sente nada. Encontra uma fila com gente grotesca e se dá conta de que chegou. Esqueletos luminosos, monstros, odaliscas pálidas, bruxas, bailarinas mórbidas, diabos, drags. Sobe as escadas. Compra uma bebida. As luzes intermitentes fazem Débora pensar que um daqueles comprimidos da cartela agora seria o paraíso. Super-heróis rasgados, múmias, zumbis desmembrados, mascarados. Débora se move. Na verdade, Débora dança.

A música é um bate-estaca pavoroso, mas ela sacode a cabeça e os ombros como se pudesse expulsar todas as camadas de letargia que a cobriam. E os demônios. Chora uma quietude seca. É a primeira vez que chora em dias. Sente uma mão fria na nuca. Uma vampira. Uma vampira a olha por dentro. Ela aperta um copo contra os lábios de Débora. Débora bebe. A vampira aperta sua testa contra a de Débora e mostra os dentes pontiagudos. Mexe nos cabelos. Aproxima a boca de seu pescoço e morde com força. Débora se assusta. É a primeira vez que realmente sente alguma coisa em dias. Fecha os olhos e continua a dançar. Bebe. Esquece. Perde as forças. Tem a boca úmida da saliva da outra e um sono estranho que se reveza com as luzes. Amolece. Segue. As pernas afrouxam, mas anda. Morre e acorda. Morre.

Dança uma música lenta. Ergue um braço. O outro está ao redor do corpo de uma mulher alta de longos cabelos pretos que escorrem pelas costas ossudas. É o som de um órgão. Débora esfrega o rosto no ventre dessa mulher. Esfrega como que para acordar de um pesadelo em que sua cabeça rola por uma escada. A mulher segura os dois braços de Débora, une suas mãos num laço com tiras de couro que prende em ganchos no teto. Essa mulher a domina, extenua, enfraquece. Passa a língua entre suas pernas. Para no ponto que antecede o grito. Essa mulher é Vanessa, a mesma mulher que dias atrás estava em sua sala. Com a língua entre as pernas de Moira. Mas Débora não sabe. Ela não vai saber.

Débora está amarrada. Vanessa encontra sua artéria. Ela pulsa em descompasso. Débora ensaia um grito. E cala. Vanessa morde, suga, engole, morde, suga, cospe os demônios.

DRAMATURGA HERMÉTICA

Para falacomanubispipi@gmail.com
a náusea

Oi,

Eu não consigo dormir. Há dias não consigo dormir. Não sei, fiquei pensando na vida e me deu vontade de falar contigo. Eu sei que faz tempo que a gente não se vê, tu nem precisa responder esse email, mas eu senti que era contigo a conversa. Sabe quando a gente sente isso? Que determinados assuntos a gente só tem com determinadas pessoas? Pois então, ah, sei lá se não é por causa desse meu "trabalho" — eu estou dando aula, não sei se tu sabe, e como tu é professora também, achei que talvez. Bom, deixa eu começar do começo.

A gente se viu pela última vez em 2007, antes de eu ir morar no Chile. De lá subi até o México, depois cruzei o Atlântico e fui para Portugal, Espanha, Inglaterra, França e Holanda, voltei para cá em 2010, acho, mas fiquei pouco, logo fui para Ásia, bom aí fui para Bangladesh, Butão, Camboja, Índia, Filipinas, subi até São Petersburgo, depois China. Cansei de viajar. Sensação de mobilidade eterna, imanente, forçosa. Fiquei tanto tempo fora que não pertenço mais a lugar algum, parece que eu sou um objeto, entende? Descolado do mundo, sem identificação com absolutamente nada, que vaga solto na imensidão, na infinitude das possibilidades.

Estou triste. Me disseram que é depressão pós-viagem. Que ideia. Faz quase um ano que voltei, aliás, fazia quase isso que não saía de casa. Modo de dizer, claro. Apenas ia ao mercado e muito de vez em quando à livraria-café, fiquei amiga da Carla, conversamos pouco. Ela indica livros e pergunta como eu estou, aliás, ela indica livros de acordo com meu estado e humor. Voltei a ler. Tu te lembras que eu não estava lendo muito? Nossa última conversa foi sobre Beckett. Ainda nutro os mesmos sentimentos para com a narrativa e para com a nossa conversa sobre ele. Lembro-me de que tu demoraste meses para ler *Primeiro amor* e me disse que assim ele deveria ser lido, em meses, mesmo sendo um livro absolutamente curto. Eu li numa tarde. E assim, Ana, têm sido meus dias e meus amores, de uma tarde, apenas, exóticos, arredios, ausentes, mórbidos, eu, eles, somos todos parecidos, não acha que essa náusea me vem à toa? Não, ela vem acompanhada de todo o nojo e de toda a culpa que sinto não sei exatamente de quê, mas suspeito ser uma coisa de criação mesmo, sabe? Criação familiar repressora. Não sei se me creio com esse discurso, não sei se creio em algo de fato. Eu preciso me conectar ao que experimento nos sentidos, Ana. Mas me diz como fazer isso se não tenho sentido nada? Nada me comove, tu sabe? Eu até parei de fotografar, parei de dirigir, parei de escrever, porque todos temos narrativas e perspectivas, qual é a diferença entre a minha e a dos outros? Por que eu posso, mereço, tenho condições e alguns tão ou mais talentosos não têm? Por quê? Me pergunto e sinto essa tristeza imensa, tu sabe? Uma coisa incontrolável que sobe pelas paredes internas dos meus órgãos, sobe se agarrando e pressionando toda a minha carne, sobe criando uma pressão kafkiana dentro do meu esôfago, dentro do meu crânio e sai em forma de um gás doce e inebriante pelo meu nariz, pelas cavidades dos meus olhos e me transmuta em nada. Ana, eu não aguento mais. Eu preciso que algo aconteça, que algo me mova, tu sabe? Porque assim é impossível viver. E quero deixar claro que não penso em me matar, longe de mim isso, sou narcisista demais, só quero viver, entende? Não ter essa subvida de lixo, nesse apartamentinho classe média que me dá mais raiva de mim, sabe? Eu sei, eu sei, tudo, absolutamente tudo principia na própria pessoa, mas eu me pergunto: o que deveria começar por mim? Como se fosse brincadeira de roda. Memória. O que desejo?

    Te escrevo porque ainda te amo. Sem pretensões de respostas quaisquer.

    Isso é um desejo. Não é um pedido de ajuda, não é uma expansão da minha alma, não é nada disso. É apenas desejo, principiado.

    Um beijo,

    M.

Para dramaturgahermetica2666@gmail.com
a náusea

Oi,
Por que eu não responderia esse email? Faz muito tempo que a gente não se fala, muito tempo mesmo e eu tenho saudades tuas. Eu sei que a tua vida é agitada e tal, mas porra, meu, tu tá sempre fugindo. É difícil assim. Eu nunca vou deixar de falar contigo, mas tu me deixa preocupada com esse tipo de email. Tu começou dizendo que estava dando aula e que queria falar sobre uma coisa e no fim não falou nada sobre dar aulas! Eu fiquei curiosa! Tá dando aula de quê? Posso fazer? Rs Te respondo breve, por ora, porque chegou uma aluna. Mas estou aqui, tá? Vou te responder com calma. E se tu quiser, me escreve mais ou marcamos alguma coisa!
Beijos,
Ana.
p.s. preferia te ver. Isso é um desejo!

Para falacomanubispipi@gmail.com
a náusea

Esqueci de falar da aula, pra tu ver o meu estado. Então, te falei dessa livraria café, estou dando aula lá. Não é bem aula. É mais um clube de cinema. A gente vai para discutir filmes. O clube já existia, mas aí a dona da livraria, acho que por pena de mim, me convidou para orientar as discussões, para, como ela mesma disse, "validar as opiniões".

Tem sido bom, sabe? Efemérides. O público varia muito porque as propostas de filmes variam muito também, mas, no geral, as velhinhas e os velhinhos sempre voltam. Menti quando disse que não tinha me relacionado com ninguém, me relaciono com alguns desses velhinhos. Eles me pagam cafés e chocolates depois das discussões e me chamam de menina. Menina, Ana! Coisa que não sou mais. Eu penso nessas questões metafísicas do andamento, dos percursos e do corpo, sabe? Essas formas de se abster de uma vida prática e cheia de consternações ou de flores. Falamos e falamos vulgaridades, mas nada comporta, nada suporta o valor do vivido. Eu vejo na cara deles, em cada ruga que em mim ainda não se delineou e que talvez não se delineie. A guerra é interior. E não há maneira de expressá-la.

Eu quis deletar este email, mas acho injusto que tu não saiba o que pensei enquanto pensava em ti, enquanto te escrevia, mesmo que tudo seja inútil, mesmo que essas palavras venham de um lugar que eu desconheço, um lugar em que essas ideias brotam em mim como cogumelos na umidade. Tenho me pensado como lugar, sabe? Um corpo é um lugar? O corpo como metáfora de lugar, percorrido, uma cartografia de vida, com suas marcas, sinais, ilhas. Não uma correspondência exata, como se o cérebro fosse uma parte cultural da cidade e o estômago uma parte gastronômica, mas um mapa caótico, sem fronteiras, onde as ruas vão dar em becos escuros e estreitos como nossos dedos e em lugares úmidos e com cheiros acres. Como nossos olhos. Meus olhos são becos escuros e estreitos e eu não vejo nada muito além do muro ou da esquina. De vez em quando, vem um gato miar numa soleira cheia de pó, mas eu não dou importância. Eu estou cansada. Acho que não há mais possibilidade de coisa alguma, nada que vá além das discussões que eu tenho sobre *Asas do desejo* com velhinhos que não entendem Wim Wenders. Tu vai dizer que eu estou sendo preconceituosa e elitista e que eu não deveria subestimar meus interlocutores, mas believe me, darling, eles não são capazes. Eu não sou capaz. Eu tinha amigos, acho. Não sobraram muitos. A gente some e quer que as pessoas continuem aí, no mundo, para a gente. Como se fossem portos inertes, sempre à espera de um barco que ficou à deriva, sem leme, sem farol. Mas tu é minha soul mate, se permite a pieguice, não é meu porto. Alma gêmea sensível, virtual em todos os sentidos. Mas um melodrama que outro, assim como um clichê que outro, faz parte, e já que nos resta pouco mesmo, acho que repetir e repetir ad infinitum é uma saída possível. Uma maneira de atravessar essa coisa turbulenta que se chama vida. E eu nem falo de modo que acredito haver coisa qualquer do outro lado da travessia, apenas quero dar sentido a essa coisa de ir para frente, sabe? Porque é impossível regredir, o tempo nos marca, ele marcou os meus velhos, meus velhos, marcou a mim também, mas não forte, pois ainda me chamam menina. Menina!

Tenho sido tão triste, tu que me conhece e que me é uma referência tão cara, pode me dizer se sempre fui triste?

Um beijo,

M.

Para falacomanubispipi@gmail.com
a náusea

Caríssima, tudo vai mal. Sacanagem. É provável que tu lembre agora da voz anasalada do Roberto Carlos. Mas tudo vai mal, sabe? Eu sei qual é meu problema, essa esfinge que me encara, enquanto me esquivo. Meu problema é amor, Ana. Meu problema é amar. Desejos metafísicos. Eu menti. A minha última viagem foi à França, tu sabe como eu amo a França. Pois então, lá eu conheci o Alex e a Marie, um casal de artistas, doidos. Ela, pintora e tatuadora, maravilhosa. Eu tenho um trabalho dela nas minhas costas, uma coisa stippling geométrico, só que minimal e com cores berrantes. Sério, um trabalho único. O Alex, fotógrafo e escultor, russo. Conheci os dois na Provence, numa viagem solo que fiz. Eu queria fotografar as lavandas, mas fui na época errada, além de me boicotar com o clichê das flores, ainda me boicotei com a minha própria parvoíce. Isso é tão a minha cara. Bom, tu sabe aqueles sites em que se pode escolher ficar na casa de pessoas, em vez de ficar em hotéis? Pois então, caí na casa desses dois seres humanos intensos e arrebatadores, e assim, em vez de uma semana, acabei ficando três meses com eles. Nos apaixonamos, nós três. Tu sabe como eu sou. Sabe que essas histórias de trios e relações fora do padrão me perseguem ou eu que as persigo, mas o fato é que, Ana, foi aerado, sutil e intenso. Esses enredamentos precisam ser vividos, entende? Até que a gente se depara com um nó. Depois de três meses, Ana, numa manhã meio fria, eu fui dar uma caminhada e acabei indo embora. Deixei tudo lá. Absolutamente tudo. Saí com meu passaporte e meu cartão de crédito, caminhei até a estação de trem, comprei um bilhete, fui até o aeroporto de Lyon, peguei um voo para Paris, de Paris para Lisboa e de Portugal para o Brasil. Quando me dei conta, minha caminhada tinha sido longa demais. Cheguei em casa, a chave estava na floreira, coisa mais ridícula deixar a chave na floreira do corredor, o portão do prédio o porteiro abriu. Entrei, tomei um banho e deitei. Deitei e chorei toda a distância em que o amor se transformava. Tu acredita? O Alex, depois de dois dias que eu tinha chegado, ligou para minha casa e eu atendi. Ele não acreditou quando ouviu minha voz e gritou para Marie alguma coisa em russo, alguma coisa muito ruim que eu nunca vou entender. Eu não senti vontade de explicar para ele, Ana, eu não senti vontade alguma. Eu ouvia a Marie gritando e chorando que estavam preocupados. Eles começaram a me ligar dez, vinte vezes por dia, disseram que queriam vir para o Brasil me ver e finalmente a Marie me perguntou se eu estava grávida. Eu não estava grávida, Ana, nunca estive. E começaram a insistir nessa paranoia bizarra de aborto. Me perguntavam porque eu tinha abortado, diziam que assumiriam a criança, que queriam aquilo. Ana, eu nunca estive grávida. Eu simplesmente tive vontade de ir, de sair andando, deixar aquela vida que não era a minha e eu fiz isso. Tu acha que é realmente muito estranho eu ter fugido desse jeito, Ana? Tu acha? Nem sei, acho que fugir nem é a palavra. Eu tenho um enjoo, Ana. Desde que voltei, tenho esse enjoo, há quatro meses. Mas não é gravidez, eu tenho certeza de que não estou grávida, Ana. Não deles, ao menos, ou o filho estaria bem atrasado. Estou triste e enjoada, apenas, da vida.

Não menti de todo, Ana. Eu realmente tenho esse grupo de discussão sobre cinema. Mas tu entende, Ana, que esse não é um assunto que eu possa conversar com eles. Eles se interessam mais em me dar chocolates, chás e generosos pedaços de bolo. Eu até dei uma engordada, o que foi bom. Essa última viagem me deixou com um ar doente, agora pareço mais viva, mais corada, são as palavras que eles usam para descrever minha mutação. São tão carinhosos, e a Carla também. Mas eu ainda me sinto balançada pela Marie, Ana. O Alex não me atrai, eu posso fazer sexo com homens, mas não me apaixono por eles do mesmo modo que me apaixono por mulheres. A Marie, Ana, é uma mulher extravagante. Cabelos curtos e envassourados que crescem para cima e para os lados indomáveis, uns olhos lentos de observadora. Uns olhos de câmera lenta. O Alex vinha junto no pacote da paixão. Embuste. Sabe que as coisas são assim complicadas, às vezes, para mim, quase sempre. A Marie não podia ter filhos, acho, e o Alex já estava cansado de brincar de artista e agora queria brincar de pai. Peguei ele chantageando a Marie, ameaçando largá-la se não lhe desse um filho, mas ela não podia, com os olhos lentos me dizia que não era capaz de gerar. Eu cedi, sabe, Ana. Disse que engravidaria. Mas não sou uma idiota. Menti. A gente mente por amor, tu não acha? Eu queria a Marie para mim, nem que fosse por um tempo, nem que fosse por um dia. Eu sempre minto. Minto demais, acho. Menti que tinha parado de tomar os comprimidos, mas não tinha. Não ficaria grávida nem por um decreto de deus, se ele existisse, entende? Mas eles ainda acham que sim. Talvez venham até aqui para me dar um tapa na cara. Um tapa franco-russo. Eu não me importaria se levasse uma surra da Marie, por ela eu engravidaria, sabe, Ana? Mas não dava com o Alex. Eu tive uma conversa séria com a Marie e perguntei se ela queria ficar só comigo, mas ela disse que não, primeiro, e depois, quando eu usei a coisa da gravidez como isca, ela mentiu também, dizendo que sim. E o Alex mentiu dizendo que ficaria com a Marie se ela desse um filho para ele, ele é egoísta demais. Todos somos. Ninguém é inocente. Mas agora eu estou aqui com esse enjoo que não passa, desacreditada do amor.

Sem ninguém para idolatrar, nem mesmo para contar essa história que poderia muito bem virar um roteiro de longa ou uma peça de teatro do absurdo, terminando com os franceses batendo aqui na porta do apartamento, prontos para me dar um tapa. Um tapa na cara. E depois beijariam a minha barriga. Ela beijaria a minha barriga e me olharia inteira e arrancaria um filho da minha carne. O Alex, contrariado, entraria e sentaria no meu sofá, perguntando se haveria algo para beber. Mas, Ana, a vida não é assim, né? Ai, eu devo estar parecendo uma louca, contando toda essa história, mas é que, Ana, eu não tenho forças para fazer outra coisa a não ser falar e falar, sabe? Esvaziar a minha cabeça, esgotar meu corpo de forças, esvaziar. Me sinto tão cheia de coisas. Cheia de tristezas. Cheia literalmente. E toda essa tinta, essas formas, toda a força artística da Marie nas minhas costas, um emblema, um símbolo, um monumento, essas asas meio humanas, meio manchas que se alastram até meus braços e pesam, Ana, elas pesam, essas asas. Ao invés de me abonarem a chance de voar, elas me enterram, cravam meu corpo com um peso absoluto no solo. E sabe o quê, parece que desde que as fiz, digo, desde que Marie me deu elas, eu sinto o mundo se mover de um jeito estranho sob meus pés, de um jeito lento, como os olhos dela, Ana. Movimento forçoso, miserento. Me sinto um títere, um pouco curvada talvez pelo peso das asas desenhadas ou talvez porque as mãos que me guiam estejam enfastiadas.

Eu estou enfastiada.

Tu deve estar exausta de ler minhas lamúrias.

Desculpa, Ana. Não precisa nem responder. Não te escrevo mais.

Para dramaturgahermetica2666@gmail.com
!!!!!!

M. de Menina!
Sempre foi melancólica e poética, um pouco triste, acredito, mas um triste bonito de se ficar olhando. Um triste de lua que se enxerga entre as folhas de uma laranjeira, lembra disso? Faz tempo. Foi na chácara de uns amigos teus, os que tu tinha na época. Tu sempre foi de variar a turma, mas eu não achava isso ruim, eu te invejava, na verdade.

Opa, entrou um email teu agora mesmo! Vou ler e depois termino de te responder — só pra registrar! =)

Fiquei meio confusa. Li o email que tu mandou, não apaguei o que já tinha te escrito pelo mesmo motivo que tu alegou sobre apagar as coisas no momento em que as escrevemos, enfim, não achei justo. Mas... estou confusa.

Eu não sei como agir, se te pergunto coisas diretas, se tu só queria falar mesmo nem sei se devo te perguntar algo, e agora tu diz que eu não preciso responder. Espera um pouco, acho que eu tenho o direito de resposta aqui. E minha resposta é, preciso que me mande o teu telefone, porque quero falar contigo. Já tentei o número velho e vi que não é mais. Outra coisa, tu ainda mora no mesmo lugar? Eu posso passar aí amanhã? Que horas fica bom para ti? Quero te ver e acho que o que tu está precisando é de conversa, e como eu quero te ver, me parece uma boa que juntemos esses dois quereres, o que tu acha? Me responde com a hora que melhor fica para ti e amanhã eu passo aí? Quarta-feira? Eu não quero te invadir, nem nada, mas se tu quiser, eu posso ir hoje mesmo, mesmo que seja noite, não importa, tá. Conta comigo. Sempre. Espero a tua resposta.

Para falacomanubispipi@gmail.com
a náusea

Infelizmente não posso te deixar vir até aqui, não posso te encontrar, não posso te ver. Não é que eu não queira, entenda, é que eu não consigo. Não consigo, Ana. Mas eu vou te tranquilizar com uma novidade: ontem comecei a escrever outra peça. Sim, fazia anos que não escrevia nada e ontem ela me veio assim, vulcânica, em jorros e mais jorros de cenas e ações e problemas. Até no design de luz eu já pensei, pensei em tudo. Quero que tu me diga, honestamente, o que acha dela. Não te mando o documento em anexo, porque ainda quero finalizá-la, mas te conto o argumento.

Uma mulher não consegue deixar sua casa para ir trabalhar. Na cozinha, há uma torneira que pinga. Esse som vai ficando cada vez mais alto, cada vez mais forte, contínuo e ininterrupto. O som dos pingos começa a invadir tudo o que ela pensa, quando vê está repetindo movimentos de acordo com o som da torneira. Então ela se dá conta e amarra um pano ao redor do cano de metal para estancar as gotas. O silêncio é quebrado em alguns minutos porque o pano já está ensopado e a torneira volta a pingar. É insuportável. Descobre-se por que ela não consegue sair de casa. Está trancada. O marido levou a chave por engano pela manhã e foi viajar a negócios. Houve uma queda de energia no bairro e seu celular está sem bateria. Ela não tem como chamar um chaveiro. O interfone está estragado. A peça se passa numa manhã de segunda-feira. A personagem, no início, pensa que será demitida, que aquilo é inadmissível porque idiota. Mas suas angústias vão se revelando naquela manhã que seria aparentemente normal, não tivesse ficado trancada em casa. A luz vai ser o sol da manhã por uma janela, o que dará a ideia de passagem de tempo. A peça acaba quando volta a luz e a personagem ignora completamente todo o sofrimento que passou, para de se questionar e, depois que a luz volta, ela pega a chave da bolsa, como se sempre tivesse sabido que ela estava lá, se destranca e sai ao trabalho como se nada daquilo tivesse acontecido. Mas um incômodo permanece latente e será representado pela água que continua a pingar, sem cessar.

O que te parece?

Relendo agora percebo o quão estúpido é meu argumento. Ana, não sei o que faço, simplesmente não consigo mais escrever.

Eu poderia escrever sobre os Cunha e os Canallis, dois casais que tiveram um problema com seus filhos num parque. Um deles arrancou os dentes do outro com um pedaço de pau, porque não era bem-vindo no grupo de amigos. Eu poderia escrever essa peça e ela se passaria toda na rica e culta sala de estar da família Cunha, repleta de livros e objetos de arte onde todos tomariam café e comeriam torta de maçã até chegar ao ponto da completa perda de sentido da conversa e as ofensas e o vômito começarem. Mas Yasmina Reza já escreveu e Polanski já adaptou para o cinema. Discutimos esse filme no clube, na semana passada, as opiniões se resumiram à educação das crianças hoje. Então, eu fico com a porcaria da mulher que não consegue sair de casa por causa de uma torneira.

Tu vê a diferença, Ana? Eu sou uma máquina de fazer fracassos.

Achou bonito?

Estarei fora nos próximos meses, vou à Alemanha. Quando eu voltar, se voltar mesmo, te ligo e tu pode vir numa quarta-feira para um café.
Da sempre e jamais sua,
M.
p.s. mudei o assunto para "náusea" de novo porque aquelas exclamações me incomodaram.

Ignorar
dramaturgahermetica2666@gmail.com

COMO TE EXTRAÑO, CLARA

FERNANDA SAI DO ESTACIONAMENTO com um embrulho que vai da garganta para o estômago. E volta. Ela quase vomita umas três vezes antes de chegar ao primeiro sinal, que está vermelho. No visor do telefone, o nome de Eduardo treme, enquanto Aretha Franklin, meio abafada pelo couro do estofamento, canta ain't gonna do you wrong while you're gone. Fernanda não atende e, no meio do R-E-S-P, o telefone silencia. Antes do sinal abrir, ela olha o material da aula todo espalhado no banco de trás. Organização era outra promessa que não poderia cumprir. O sinal abre e Aretha começa novamente. Revirando os olhos, Fernanda tateia o banco e pega o aparelho. Dessa vez, é o nome de Clara que brilha na tela.

— Alô.

— Oi. Só pra dizer que já tô com saudade.

Fernanda sorri e diz que também já está com saudade. Combinam de se ver outro dia, porque ambas têm aula. Fernanda, na faculdade; Clara, no curso de culinária. O trânsito está lento e um calor úmido começa a tomar a cidade, é uma quinta-feira estranha. Quando Fernanda desliga o telefone, o embrulho volta a subir pela garganta, mas desta vez não desce. Fica ali parado, sufoca. Ela sabe que não vai cumprir o que prometeu.

As duas se conheceram no curso de engenharia civil; Fernanda, professora; Clara, aluna. Não era uma aluna exemplar, mas um tipo de pessoa cativante. Clara trabalhava num dos cafés da universidade.

— Sempre te via naquele prédio, queria trabalhar lá.

— Que azar o meu, não ser professora da automação industrial.

— Azar mesmo, podia ter me evitado o trabalho de passar em engenharia só pra te conhecer.

— Mas você é muito abusada.

— Agora que tu notou?

— Por falar em abusada, acho que precisamos maneirar em algumas coisas na faculdade, as pessoas podem perceber. Não sei, acho até que já estão desconfiadas.

— Também, tu sempre me chama pra responder.

— Ai, verdade. Mas eu não sei como isso acontece. Quando vejo, teu nome já está na minha boca.

— É o lance dos olhos.

— Que lance dos olhos?

— Ah, é uma coisa que eu tenho desde o colégio.

— Bom, não faz muito tempo então.

— Não faz mesmo, espertinha, mas tenho isso desde a quinta série, que eu me lembre.

— Mas que lance dos olhos é esse?

— É assim. Quando eu queria ou quero que algum professor me escolha pra responder, eu dou uma olhadela, sem parecer desesperada. Só pra mostrar que tô ali, que tô ouvindo e que sei do que tão falando. É uma olhada rápida que vai — e passa os olhos pelos olhos de Fernanda —, olha para algum ponto que se mexe devagar, e volta — passa novamente os olhos pelos de Fernanda. Não pode parecer desespero, nem desprezo, tem que ser como um flerte.

— Como é? Faz de novo.

— Então senta lá na ponta da cama.

Fernanda foi. Clara se escorou na cabeceira, deixou os braços caírem sobre as pernas morenas e pousou as mãos sobre os joelhos.

— Pronto.

— Agora faz de conta que tu tá perguntando algo pra turma.

— Certo. Quem gostaria de comentar o texto sobre preservação ambiental?

Clara fez o lance dos olhos.

— Clara.

— Viu como funciona!

E riram e se beijaram.

O trânsito piora e agora ela sabe que o atraso não é apenas uma possibilidade, mas uma certeza. Sabe que sempre que dá essa carona para Clara, se atrasa. Quinta é o único dia que Rafael tem reforço escolar no turno da tarde e que Eduardo almoça com os colegas de trabalho, então, ao meio-dia, a casa está vazia e ela pode ficar com Clara. Filho e marido fora, e a casa é delas.

Há um ano e oito meses, Clara e Fernanda têm se encontrado. Primeiro marcavam em cafés fora da faculdade, depois restaurantes, depois na biblioteca e finalmente

Fernanda sugeriu a casa dela. Toda quinta-feira, Clara tem aula de espanhol à uma e trinta e, toda vez que Clara não mata aula, Fernanda a leva para o curso. O curso fica num prédio no centro. É impossível estacionar no centro naquele horário, então elas entram no estacionamento e lá ficam mais uns quinze minutos, até Clara se atrasar.

Clara disse que amava Fernanda, e Fernanda respondeu:

— Eu também te amo, Clara.

— Então, larga o teu marido e fica comigo.

Fernanda fechou os olhos e deixou que o pulmão se enchesse. Enquanto o ar mexia nos pensamentos que se dispunham no seu peito e na sua cabeça, ela tentava organizar, de alguma maneira que fizesse sentido, os últimos eventos da sua vida. Porém nada parecia querer tomar um lugar próprio, um lugar onde o peso não fosse incômodo ou não arrastasse o andar dos demais lances do destino. Sua vida tinha chegado a um ponto nevrálgico, a um nó tão enrolado que só se resolveria se cortado, desatar não era uma opção.

— Não precisa responder. Bobagem minha. Desculpa. Eu sei que não tenho o direito de te cobrar nada.

Fernanda não disse palavra. Apenas sorriu e, enquanto Clara descia do carro, a beijou. Depois ligou o motor e saiu da garagem.

— Nem vou cobrar a senhora, dona Fernanda, ficou só uns minutinhos aí. Pode sair.

— Obrigada, Gentil.

Ninguém parecia querer cobrar qualquer coisa de Fernanda, mesmo assim, ela se sentia em débito e se esmerava em pensar em compensações. Cesta de natal para o seu Gentil e para Clara. Para Clara, era um pouco menos concreto.

Fernanda está parada na mesma rua há uns oito minutos. Se olha no retrovisor e pensa que é uma mulher realmente muito bonita: cabelos castanhos e abundantes fazendo uma volta sinuosa nos ossos da bochecha, cílios grossos lhe dando um eterno ar de dramaticidade, tremor perene nos lábios vermelhos naturalmente arqueados para baixo. Sorriu deixando um pouco de ar escapar pelo canto da boca, porque se sentiu meio ridícula querendo provar para si mesma que podia estar vivendo aquela situação com argumentos tão obviamente construídos, sem nenhuma importância para ela de verdade. Amava Clara. Tinha se apaixonado. Eduardo era apenas a sombra de uma vida que ela teimava em manter. Bem antes de Clara, houve Luciana e uma grande frustração. Luciana teve mais medo que Fernanda e nenhuma das duas nunca falou sobre o acontecido. Uma vez, uma tarde de inverno. Sem mais memórias, sem mais explicações. Luciana se mudou para outro estado, Fernanda se lamentou por anos e então apareceu Eduardo.

Os automóveis começam a andar um pouco mais depressa. Ela abre as janelas e um vento bailarico rodopia por trás dela, invadindo o carro. A cidade já está tomada por aquela neblina pegajosa que vem sabe-se lá de onde e não tem hora para ir embora. Por um segundo pensa que a neblina pode ter vindo de dentro dela. A tarde escurece. Um temporal se arma. É o caos. Todos querem chegar logo aos seus destinos. Os elevadores dos prédios de escritórios entopem, as marquises parecem encolher e as caras das pessoas que correm pelas ruas e calçadões ficam consternadas. Ninguém quer se molhar. Mesmo aqueles que tinham conferido a previsão do tempo, mesmo quem viu as nuvens mal-encaradas na esquina do mundo, mesmo esses. Poucos não se importam, não alteram o humor, mas a maioria não quer passar o resto do dia com os pés e as barras das calças encharcados, nem aqueles que andam com guarda-chuvas.

Os pensamentos de Fernanda são abafados pelo choque de uma caminhonete na porta do motorista. Rodopio. O bailado do vento ao redor de sua cabeça. Vê seu reflexo no retrovisor. O cabelo está empapado de sangue e faz uma volta sinuosa, um belo contorno avermelhado na têmpora esquerda. Ela não consegue mexer os braços. Fecha os olhos. Sente uma pressão aguda no pescoço, vozes se misturam. Abre os olhos. Há uma luz forte. Fecha os olhos. As coisas começam a ter a rapidez corriqueira da vida. Para dentro da ambulância.

— Clara.

— Fernanda. A senhora se chama Fernanda, certo? Olhe para mim, Fernanda. Já ligamos para o seu marido.

Ligaram para o contato registrado como emergência no celular. Era Eduardo.

— Ele já está a caminho.

— Clara.

Fernanda teve uma concussão, quebrou o braço e o antebraço esquerdo em três lugares. Quebrou também a clavícula. Uma caminhonete furou o sinal e acertou o carro de Fernanda em cheio.

Fernanda só acorda na sexta de manhã. Eduardo e Rafael estão lá.

— Tira os fones, guri, tua mãe tá acordando.

— Oi. O que aconteceu?

— Um carro te juntou no sinal. Fodeu tua picape. Perda total. Não sei como tu não morreu.

— Mãe, posso tirar uma foto tua e postar no insta?

— O quê? Não, Rafael.
— Tá. Vou apagar, mas já tava com quase cem likes.
Fernanda não se importa, não entende, não pensa nisso.
— Onde está o meu celular?
— Aqui.
— Me dá.
— Não.
Eduardo não responde. Continua olhando para Fernanda. Sua cabeça está cheia. Todas as mensagens que tinha lido se misturavam à realidade que parecia desencaixada. Pensa em Clara.
— Eduardo, meu celular.
Eduardo fala entredentes.
— Clara ligou.
Fernanda volta a fechar os olhos. Sua cabeça dói. Abre os olhos devagar. Eduardo continua.
— Clara mandou mensagem, eu vou ler pra ti, "por que tu não me responde? tu tá online. eu não quis te pressionar, eu te amo de qualquer jeito. as coisas podem ficar como estão".
Fernanda continua olhando fixo para a janela. Rafael, de fones, deleta a foto do instagram a contragosto.
— Pode me dar o meu celular?
— Não tem nada pra me dizer?
Fernanda não responde.
— É isso?
Eduardo joga o celular sobre a cama e sai.
— Onde o pai foi?
— Não sei, Rafael. Buscar comida, acho.
— Que bom, tô com fome.
Não há nada que Fernanda possa fazer. Talvez a vida seja assim mesmo, dependendo das escolhas que se faz,

não há como retroceder, e o caminho que Fernanda tinha traçado até ali não permitia a presença de Clara. Era o que passava pela sua cabeça.

Rafael enquadra a mãe novamente, ao fundo, numa selfie que posta com as hashtags #hospitalcommamis #acidente #perdatotal. Fernanda pensa no que faria sem Eduardo, no que faria com Rafael. Pensa em onde todas as coisas organizadas de sua vida iriam parar, caso tivesse um novo caminho. Logo depois, pensa que talvez esteja se precipitando, não sabe direito o que acontece, se Clara quer realmente fazer aquilo que diz. Pensa se ela mesma quer assumir outro papel naquela peça ridícula que vive até ali. E diz em voz baixa como te extraño, Clara. Porque tudo está mesmo estranho e escuro naquela talvez possibilidade tão pequena de mudar de vida, tão farelenta, como seus ossos depois da batida. Não sabe muito bem como funcionariam essas coisas, todas essas coisas novas, perigosas e atraentes que se apresentavam a ela.

Clara só apareceu na segunda-feira. Eduardo já tinha juntado suas coisas e saído de casa, apenas comunicou Fernanda. Estava doído, seu orgulho tinha sido destroçado. Nunca poderia contar a ninguém que a mulher o estava traindo com uma aluna mais nova. Não. Fernanda entendeu. Mas a aparente facilidade com a qual ele tinha lidado com a situação e deixado a casa sinalizava insatisfação mútua. Rafael não se surpreendeu, é um adolescente apático ou apenas um adolescente comum.

Clara entra correndo no quarto e, sem notar o garoto, tenta beijar Fernanda, que vira a cara rápido, mas a abraça o mais forte que pode com um braço só. No meio do abraço, Clara nota Rafael, que está de fones, rindo para a tela do celular.

— O que te aconteceu, afinal? Eu pensei que não quisesse mais me ver, não sei, achei que, sabe, que eu tinha feito alguma coisa errada, e tu não respondia, eu fiquei apavorada, achei que não fosse mais te ver. Aí fico sabendo dessa coisa horrível. Como isso foi acontecer? Morri de medo, meu amor, meu amor, eu não sei o que te dizer. Que bom que tu tá viva.

— O Eduardo foi embora.

— Não sei. Eu não vi.

— Não é uma pergunta, Clara. Ele foi embora de casa. Ele leu nosso histórico de mensagens. Acho que leu tudo. No celular, tenho certeza, mas depois, acho que deve ter lido emails e todo o resto.

— Como? Não.

— Eu deixo tudo aberto em casa, sem desligar, senha já memorizada. É só abrir e ler.

— Mas — engasgou — e agora?

— Agora, é isso. Nós duas. Eu, parte quebrada, tu com essa cara de susto... E o guri.

Clara sente uma mistura de felicidade e medo tão fortes que chora duas ou três lágrimas. Fernanda ainda parece em choque, pelo acidente, pelos eventos. Rafael acompanha interessado os likes e os comentários das fotos da mãe estropiada na cama do hospital.

Na terça-feira, antes de chegar ao curso de espanhol, Clara passará em frente ao estacionamento e ouvirá o seu Gentil perguntar alguma coisa sobre Fernanda. Ela vai responder que Fernanda está bem e logo, logo voltará à ativa, e o homem dirá que sente muito pela mãe de Clara, que é uma mulher muito boa e trabalhadora. Clara não entenderá, pois sabe que o homem não conhece sua mãe e também porque não há nada de errado com ela e depois de cinco passos se dará conta de que ele fala de Fernanda. Então Clara vai pensar pela primeira vez na idade de Fernanda e num cálculo simples verá que a hipótese do homem não é descabida, mas ficará irritada por ser tão redutora. Ela subirá para a aula de espanhol no décimo andar, mas, nessa tarde, não aprenderá coisa alguma. Nessa mesma terça-feira, Rafael perguntará para a mãe como será a partir daquele momento e se a Clara irá morar com eles. Fernanda demorará em tirar algum sentido daquilo, e ele tentará explicar dizendo a Clara, mãe, sua namorada, com uma naturalidade anormal. Aretha Franklin começará a cantar what you want, babe, I got. What you need, you know I got. All I ask you is for a little, enquanto o nome de Clara piscará na tela quebrada do celular.

MARÍLIA ACORDA

USA MEIAS COMPRIDAS ATÉ OS JOELHOS PORQUE, mesmo no verão, tem os pés frios. Senta na beirada da cama e vai desenrolando as meias: panturrilha, canela, tornozelo e para. Volta a se endireitar. A barriga impede que se dobre sobre si. Respira fundo, estica bem os braços e termina. Dobra as meias e as coloca embaixo do travesseiro. São apenas para dormir. Marília não é doce, mas, olhando da outra metade da cama, não consigo não amá-la.

Lá vai Marília até a cozinha e eu já imagino que, em pouco tempo, vou ser acordada pelo barulho de metais batendo, gavetas sendo empurradas ou por um assovio de canção velha que já não sabemos a letra. Eu viro para o lado da janela ainda com as frestas escuras, porque é muito, muito cedo, fecho os olhos e sorrio. Os ruídos começam. Ela não faz por mal, só não tem silêncio nas mãos. A porta bate e, do fundo do nosso espaço, começo a ouvir a melodia. Sempre a mesma. E me pergunto que música é essa. Acho que é a nossa.

Agora sei que em breve terei que fingir um sono profundo, porque ela vai voltar para a cama com cafés e pães e, se ela achou tempo, uma flor desenhada no guardanapo. Marília gosta de carrinhos de controle remoto, prendedores de roupas, saias com bolsos e plantas. Nunca vai arrancar uma flor. Por isso, desenha.

A porta abre. Marília senta na cama sem a bandeja. Ela toca a minha perna e eu finjo despertar. As frestas da janela já iluminadas recriam seus contornos. Eu pego a sua mão inquieta e, antes de abrir os olhos, percebo que não vai bem. Pergunto o que ela tem. Ela me diz que está esquecida. Eu replico que estamos. Ela me olha triste e diz que fez o café sem o pó e queimou os pães na torradeira. Eu desalinho a testa num não entendimento e ela repete que fez o café sem o pó, que deixou só a água fervendo na moca e que, ao servir apenas água nas xícaras, ficou um minuto parada sem entender, por isso, os pães queimaram na torradeira. Ela me diz que está velha e esquecida. Eu digo que somos velhas esquecidas.

Olho para os cabelos dela, agora sobre o meu ventre. Ela deita de lado e pede para que eu lhe cubra os pés, apenas os pés. Pede também que eu abra a janela. Eu estico minhas costas e braços até a cordinha da persiana e a luz nos revela: minhas mãos manchadas sobre os cabelos brancos dela. Há quantos anos, Marília? Há quanto tempo esse ritual das manhãs de domingo? Penso, mas não digo nada. Parece que Marília chora. Se chora, não é para fora. Ela me diz que vai fazer o nosso café. Levanta e vai.

Sem flor dessa vez, percebo. Não tenho coragem de perguntar. Tomo o café em golinhos para não queimar meus lábios ressequidos. Como o pão em pedacinhos para não engasgar com um farelo mais duro. Marília come também, mas olha o tempo todo para baixo. Parece que tem um acanhamento novo entre a gente. Termino. Olho mais uma vez pela janela. O dia está bom. Quero caminhar no pátio. Marília levanta, pega o andador e põe ao lado da cama. Ela sabe que eu quero levantar sozinha, e levanto. O lance de escadas, apesar de pequeno, ainda me causa problemas, mas não quero um elevador na casa e não vou tolerar descer uma rampa de cadeira de rodas. Marília abre a porta e saímos para a manhã. O dia está mais fresco do que eu imaginava. Ela pega uma manta de tricô que temos desde não sei quando e põe sobre as minhas costas. Ela aperta meus ombros com muita força, porque mesmo depois de todos esses anos, não descobriu a medida certa do carinho. Eu gosto. Porque entendo que naquele ato, naquela força está o nosso carinho. E ficamos ali, atrás do muro que esconde o nosso pátio da rua e que esconde a nossa vida das pessoas.

Ali, ali naquela casa, moram duas velhas. Moram ali faz anos essas duas velhas. Acho que essas velhas têm alguma coisa, moram juntas faz anos. Ali na casa das velhas estranhas.

Duas velhas estranhas, Marília e eu. Enquanto eu penso, o sol ultrapassa a laranjeira e começa a esquentar a minha cabeça. Eu levanto. Não sei o que aconteceu com as minhas pernas. Elas perderam a força de um dia para o outro. Fui a médicos, mágicos, benzedeiras, mas elas não voltaram. Justo eu que gostava tanto de andar, de sair pela vizinhança, de fazer caminhadas no mato, de subir morro, descer cascata, justo eu, quase não consigo atravessar o pátio da minha própria casa. Sento ali na grama mesmo, a cinco passos da cadeira onde eu estava, porque o equilíbrio está difícil já. Olho para trás e não vejo Marília. Não consigo me levantar. Começo a ficar angustiada, mas logo ela aparece por trás da pilastra e grita para mim se está tudo bem, se caí, se estou machucada e corre sem jeito para me ajudar, mas eu a tranquilizo antes de chegar. Digo que estou bem e a convido para sentar ali no chão comigo. Ela reclama da umidade da grama, mas senta. Ela diz que é capaz de eu pegar uma gripe, mas fica. Ela dá um tapa na minha perna, e eu sei que ela quer dizer que me ama. E que sente muito. Eu sorrio e digo que quero entrar, mas não quero. Entro porque sei que ela quer.

Marília gosta de rotinas. Aos domingos, ela levanta cedo, faz o café, depois ficamos um pouco na varanda ou, se tem sol, no pátio, depois ela gosta de entrar e ler o jornal. Eu costumava caminhar, agora leio o jornal. Depois comemos, depois dormimos um pouco, depois assistimos à televisão, depois comemos de novo, depois nos olhamos por um longo tempo antes de ir para a cama. Nos olhamos para tentar entender como foi que chegamos ali. Nunca entendemos. Sempre entendemos. Somos muito quietas, sempre fomos do silêncio.

Agora ela me ajuda a tomar banho. Lava minhas costas com suas mãos desajeitadas. Parece que ainda tem vergonha dos nossos corpos. Ou é mesmo esse acanhamento novo tão velho. Passa xampu na minha cabeça três vezes e eu sinto que tem algo errado, mas não digo nada. Eu tenho medo. É justo que eu tenha medo. Mas não é justo que mostre isso para ela. Marília é medrosa, parece dura, mas morre de medo. Eu morro de medo ainda e de novo e todos os dias rezo para que morramos juntas, porque eu não vou suportar ficar sozinha, nem ela. Eu pensei em cuidar disso eu mesma. Pensei em fazer com calma, pensei em deitar com Marília, de meias, e no chá misturar uma dose que nos tranquilize e, com sorte, não acordaremos. Pensei só, mas não tenho coragem. Então eu rezo. Eu rezo para que sejamos juntas tão juntas como sempre fomos, agora e na hora da morte.

No domingo seguinte, Marília acorda e me acorda com cheiros de café, gavetas sendo empurradas e a nossa melodia sem palavras.

DIÁSPORA LÉSBICA

FALTAVA A CHICA AINDA, mas enquanto ela não vinha, a gente aproveitava para dar umas gargalhadas.

L: Gente, o que aconteceu com a Chica?

J: Deve estar colocando o collant.

P: Ai. Eu não entendi essa de ela usar collant agora, que é isso? Fica horrorosa com as costas cheias de cravo. Pelo amor de deus, alguém avisa.

L: Avisa tu que é bem amiga dela.

P: Eu não! Cruz credo.

Juli sabia de tudo. Juli sempre sabia de tudo. Tinha bastante trânsito social e acabava saindo com os dois grupos. Resolveu o mistério, dizendo que a Chica estava saindo com uma hétero e que precisava se arrumar melhor, porque a mulher era uma socialaite da cidade.

P: Tá, mas alguém avisa que realmente não tá funcionando se arrumar daquele jeito. Gente, só eu acho que quando ela usa collant ou camisa de florzinha parece dez mil vezes mais sapatona?

Todas riram, todas assentiram. Lea perguntou se a tal socialaite viria hoje com ela, mas a Juli disse que não. Preta acenou para Tânia trazer os cardápios.

P: Gente, não sei vocês, mas eu tô precisando de uma cerveja.

B: Eu vou em algo mais forte.

Até então Bea não tinha aberto a boca. Ela e a namorada estavam meio de mau humor por conta de um desentendimento acontecido no supermercado mais cedo. Alface roxa. Alface americana. E se estranharam.

P: Bebe, amor. Assim quem sabe a gente não desfaz essas caras de cu.

B: Ainda bem que tu te inclui.

Bea e Preta eram um casal incompreensível. Mas se mereciam. Relação aberta, ativa e perfeita. Ciúme era uma aleatoriedade. Uma vez, Preta tinha olhado para um casal hétero num bar, na verdade, olhou através deles, estava distraída. Bea não esperou um segundo para armar um barraco, dizendo que não ia transar com eles. Preta não estava entendendo nada e Bea ficava cada vez mais histérica. Até que, sem pensar muito, Preta lhe deu um tapa na cara, levantou do bar e foi embora. No mesmo dia, fizeram as pazes e muito sexo. Agora, na mesa, pediram duas doses de Captain Morgan cada uma. Provavelmente uma noite longa estava começando e só chegaria ao fim quando conseguissem invadir a piscina de algum hotel e, pela manhã, o buffet do café.

L: Vocês querem ouvir um drama lésbico?

P: Que pergunta ridícula. É óbvio.

L: A Inês voltou pra cidade... solteira.

J: Não! A Inês não tinha casado com uma lá de Vitória e se mudado?

L: Sim, a última coisa que eu ouvi foi que tinham montado uma empresa de comida congelada.

B: Gente, que medo da Inês na cidade.

P: Ui, vou até fazer sinal da cruz aqui, vai que aparece.

J: Não fala uma coisa dessas nem de brincadeira.

A Inês era uma predadora. Enquanto casada, ficava reclusa, mas, toda vez que terminava um relacionamento, um deus no acuda se instalava, porque ela saía para caçar. E caçava. Matava e levava para casa. Sempre estragava as pessoas. Da última vez que tinha saído com o grupo, deu a notícia de que estava namorando. Fez questão de falar, porque a Juli estava junto e tinha a dispensado depois de muita insistência. Jogou a notícia da mudança como se fosse uma coisa corriqueira conhecer alguém e atravessar o país para morar junto. Durou três anos. Agora estava de volta à cidade tocando terror.

B: Mas por que ela voltou?

L: Aí é que tá! Parece que estava traindo a de Vitória a torto e a direito com uma menina de dezesseis anos que conheceu no Leskut.

P: Ainda existe Leskut?

J: Parece que voltaram a usar, o Brenda tava muito mainstream.

L: Gente, a Inês pegou uma menina de dezesseis anos e vocês se preocupam com o Leskut? Pelo amor de deus, o que tá acontecendo, Brasil?

B: Pois eu tenho medo daquela racha. Uma vez, ela quase me bateu. A gente tava no show da Shoes.

P: Ai, eu adoro a Shoes, melhor banda!

B: Sim, é ótima mesmo, mas então, eu tava olhando

pro nada, eu tenho isso, às vezes olho através das pessoas e ela cismou que eu tava encarando aquela ex-namorada dela, a Cica, que é maravilhosa. Só que eu não tava olhando. Ela veio pra cima de mim com a mão fechada, se não fosse a Cica segurar o pulso dela, eu tinha tomado uma na cara, né, amor?

P: É. Ui, sapatona do mal.

B: Muito do mal.

J: E essa menor de idade?

A menina do Leskut era de São Paulo. Inês foi até lá, aproveitando que estava a trabalho numa feira, encontrou a menina, levou ela para um motel e fez mil promessas. Foi a São Paulo mais umas cinco vezes naquele ano, até que simplesmente parou de ir. A menina, Rita — não porque seu nome fosse mesmo aquele, mas era viciada em ritalina —, foi internada por conta de uma tentativa de suicídio. Inês estragava mesmo as pessoas. O que ela não estava esperando era que, na volta de sua última viagem a São Paulo, Rafaela, a de Vitória, tivesse trocado todas as fechaduras e deixado tudo o que pertencia a Inês em um depósito. Depois disso, foi só problema, polícia, advogado e muita chantagem emocional. Até que ela desistiu e voltou, para o tormento de todas.

P: Gente, olha a Chica na porta.

J: Aquela ali com ela não é a personal dos famosos?

B: Nossa, eu odeio aquela mulher. É uma ridícula.

L: Por quê? Conta logo antes que elas cheguem na mesa.

B: Fazida, nariz em pé. Espera ela chegar e tu vai entender.

C: Oi, gurias.

Todas: Oi, Chica.

C: Essa é a Aline. Aline, essas são a Preta, a Lea, a Juli, a Bea e a Zica.

A: Oi, meninas.

C: O que vocês tão tomando?

Todas ergueram os copos.

A: Nossa! Vocês são fortes, hein? Depois pra que isso saia do corpo, só com muito trabalho e um pouco de reza, viu? Vou começar numa água de coco, porque estou fazendo um detox. Se funcionar, eu conto pra vocês. Dizem que é maravilhoso pra pele e pro organismo. Um verdadeiro milagre.

Todas baixaram os copos e as caras. Os drinques tinham azedado.

C: Eu vou na cerveja.

A: Chu, tem certeza? E essa barriguinha aí, vai perder como?

J (baixinho para as outras): Vou perder a mão na tua cara.

C: Mas é sábado.

A: Bom, tu que sabe. Depois não pode ficar de mimimi na hora do treino nem choramingando na frente do espelho.

C: Tânia, vê um suco de abacaxi pra mim? Sem açúcar.

A: Assim que eu gosto, Chu.

B (olhando para a Preta): Chu? Ai, não, gente.

Todas caíram na gargalhada.

C: Amor, não me chama assim em público.

A: Desculpa! Não me dei conta.

Chica estava marcada para sempre como Chu.

P: Mas, então, Aline, o que você faz?

A: Não acredito que tu não me conhece. Nossa! Acho que tu não frequenta academias, eventos de saúde, fitness, essas coisas.

P: Não. Eu frequento bares mesmo e eventos onde as pessoas socializam. Coisa que tu não deve entender como funciona.

L: Gente, quem convidou a Inês?

J: Por quê?

E todas olharam para a porta do bar, enquanto Inês já acenava para a mesa.

B: Ai, sério? Quem convidou? Foi tu, Chica?

C: Eu não.

I: Oi, gurias. Que bom encontrar vocês aqui, achei que ia acabar sozinha neste bar de sapata velha. Ainda bem que não.

L: Pois é.

C: Eu já volto. Vou pegar a tua água no balcão, está demorando.

A: Obrigada.

I: Aproveita e me traz uma cadeira, Chica!

C (solícita): Ok.

I: Bom, eu conheço todas menos tu. Oi, eu sou a Inês.

A: Oi, Inês. Aline.

I: Aline Herrera? A atleta?

A: Olha! Isso mesmo.

I: Eu te sigo no instagram. Sigo as dicas de saúde, curto as fotos dos bolos sem glúten e sem lactose, curto as tuas fotos. Corpaço.

A: Obrigada! Que bacana, olha só, conhecendo meus fãs (e soltou um riso parecido com o cacarejar de uma galinha velha).

Todas se olharam prevendo o que aconteceria até o fim da noite. Chica voltou com a cadeira nas costas, nas costas nuas, porque sim, estava mesmo de collant.

Algumas horas e drinques depois, a Inês estava descaradamente dando em cima da namorada da Chica, e o pior de tudo, a safada estava correspondendo. Nós tentávamos evitar comentários, mas os olhares variavam entre riso e pavor. Na hora que a pista do inferninho abriu, metade de nós foi dançar. Ficaram na mesa a Chica, a Juli e a Bea.

J: Chica, a Inês tá dando em cima da Aline. Tu é cega?

B: Aquela sapata é do mal e a tua mulher não é flor que se cheire, desculpa, mas é verdade, não vou com a cara dela.

C: Nada a ver. A Aline é assim com todo mundo. Ela é uma figura pública, tem que tratar bem as pessoas.

J: Desde quando ter um instagram torna alguém pessoa pública? Acorda, Chica. Tu vai levar umas belas chifradas.

C: Capaz... será?

B: Se eu fosse tu, já ia pra pista de dança agora.

Chica foi até a parte de trás do bar. Estava escuro e demorou um pouco para que se acostumasse com as luzes neon. Preta e Lea acenaram. O som estava alto, as luzes rápidas, o cheiro de álcool era forte e as pessoas dançavam frenéticas.

C: Cadê a Aline?

P: Oi?

C: Cadê a Aline?

P: Na mesa!

C: Não tá!

L: Foi pra mesa faz uns cinco, dez minutos.

C: E a Inês?

P: No bar, no banheiro, não sei.

Chica levou as duas mãos à cabeça, depois saiu acotovelando pessoas até o banheiro. Nem precisou fazer esforço para achá-las, estavam se beijando na frente da pia. Aline desviou os olhos, Inês ficou sorrindo. Chica voltou para a mesa, pegou as coisas dela e saiu. Juli foi atrás.

C: Eu vou matar aquela puta.

J: Qual delas?

C: As duas.

J: Cara, se merecem. Essa Aline é uma babaca e a Inês, bom, dispensa comentários. Depois, o rebuceteio é sempre assim. Incrível.

A Juli tinha razão. Todas as gurias apareceram na esquina onde Juli e Chica estavam sentadas, menos a Inês e a Aline, que, naquela mesma noite, se hospedaram num hotel da cidade. Ninguém ia muito com a cara da Chica também, mas aquele era um momento de irmandade.

L: Pensa no lado bom, Chica. Tu não vai mais ser chamada de Chu, Exu.

Todas riram e pensaram que aquilo sim era uma vantagem, porque um casal com apelidos assim não era um bom casal.

L: E mais uma coisa, já que estamos te ajudando aqui. Para de usar esses collants ridículos, por favor. Sério, aquela mulher estava te destruindo muito rápido.

C: Vocês odeiam o collant tanto assim?

P: E a maquiagem. Tá over.

J: E as unhas, tão feias.

C: Se eu continuasse com a Aline, ninguém ia me falar essas coisas todas?

Todas: Talvez.

Talvez só trocássemos de bar. Por muitos meses, a Chica continuou saindo com a gente. Até que ela voltou com a Aline e com o collant e a maquiagem over. Uma pena, todas concordavam. A Inês ainda estava à solta, provocando tensão pelos bares. Decidiram fazer programas mais caseiros. O bar da Tânia acabou fechando, o que causou uma diáspora lésbica que afetou vários clubes da cidade.

AMORA

MAIS UMA MEDALHA SOBRE O PEITO: campeã infanto-juvenil do torneio interestadual de xadrez. Ela olhava aquela bolacha dourada a lhe conferir um título acima de sua idade. Aquela era a última vez que Amora tiraria primeiro lugar, depois de três anos consecutivos. Antes, nesse mesmo dia, ela se apaixonaria e isso mudaria tudo em sua vida. Conheceu Júnior. No intervalo entre um jogo e outro, conversou com ele no mezanino do ginásio. Falaram sobre a possibilidade de ganhar o torneio, descobriram que moravam na mesma cidade, inclusive em bairros vizinhos, pensaram que o mundo era mesmo pequeno, mas cheio de surpresas; e, finalmente, Amora sentiu uma cócega no ventre a se espalhar. Quando subia, seu coração desalinhava as batidas e os pelos da nuca se transformavam em alfinetes gelados; quando descia, era fogo que bruxuleava, e lhe crepitavam sensações de primaveras úmidas e suores e moleza e flores. Amora foi para casa com a medalha e o coração reluzentes naquele fim de tarde. E, ao chegar, contou para os pais e o irmão sobre o torneio, sobre seus xeques-mates e sobre como tinha conseguido ganhar dois jogos com um simples pastor. Guardou tudo o que diria a respeito de Júnior. Mais tarde, na cama, Amora se lembrou de todas as sensações que teve durante o dia e adormeceu.

Sábado, quase meio-dia, Alexandre e Felipe gritaram no portão de sua casa. Ela meteu a cabeça para fora da janela. Eles a convidavam aos berros. Vamos no flíper, pega a bike do Mateus e vem. Amora avisou os pais, pegou a bicicleta do irmão e, antes de sair, enrolou o cabelo para dentro do boné. Foram-se, três moleques. Volta pro almoço, hein? Ouviu a voz da mãe ao sumir dobrando a esquina. Sábado de manhã era o melhor dia do fliperama, porque estava sempre vazio e se podia jogar sem disputar uma máquina, além disso, o dono sempre garantia umas fichas extras para todos. Naquele dia, não. Havia um torneio de pinball e muitas máquinas estavam ocupadas. Amora correu para Street Fighter assim que viu um cara se afastar, enquanto Alexandre e Felipe esperavam para jogar NBA Jam. A corrida de Amora terminou em um encontrão de ombros e a disputa pela máquina. Quem perder sai fora. Amora levantou os olhos sob a aba do boné para ver quem dizia aquilo. Viu Júnior, que lhe sorriu. Amora sorriu de volta e aceitou a proposta. Júnior não era tão bom quanto ela e precisava se concentrar muito no jogo, mas Amora não parava de falar um segundo. Quando a Chun-Li de Amora nocauteou o Zangief de Júnior, ambos estalaram os dedos e se olharam. Amora sorria e pensava como ele podia ser tão bonito e tão ruim no jogo, ela faria uma brincadeira sobre isso e o convidaria para tomar sorvete de tarde. Foi então que Júnior perguntou se Amora não tinha uma irmã que jogava xadrez. Gelo. Os alfinetes da nuca lhe atravessaram o corpo até chegarem no fogo que lhe descia em labaredas úmidas, extinguindo-o. Ar seco--enfumaçado e um pedaço de carvão duro e frio, sujando tudo por dentro. Borrão. Amora, sem responder, saiu do fliperama, foi até onde as bicicletas estavam e, olhando para frente, onde via um abismo, saiu a pedalar.

Ao chegar em casa, despistou pai e mãe e, como um cavalo em L, entrou no banheiro. Olhou-se no espelho. O boné, o cabelo preso, a camiseta de banda comprida demais, lisa, rente ao corpo, sem os relevos que outras meninas de sua idade já tinham, a bermuda jeans rasgada, o joelho ostentando casca de ferida, os chinelos pretos emoldurando as unhas compridas, rachadas. Jogou o boné no chão e pensou que sem ele talvez Júnior a tivesse reconhecido.

Durante oito meses, Amora não gostou de mais ninguém. A decepção com Júnior tinha lhe secado a alma. Desenhava caveiras e corações partidos em folhas de cadernos e contracapas de livros, Amora estava cética. Porém, naqueles oito meses, seu corpo, de torre reta, passava ao de rainha. Dois pequenos montes brotaram no seu peito, como que para proteger seu coração de menina-mulher que se transmutava. Com as medalhas por cima, seria um forte. Amora de olhos de piche e lábios quase purpúreos, sumarentos. Amora de unhas feitas. Amora delicada, ora doce, ora ácida, ora áspera, sempre frágil, aquosa.

Chegou ao ginásio de uniforme, o professor acenava. Campeonato municipal escolar. Júnior estava escorado num pilar, junto de outros meninos desengonçados pela idade, um festival de canelas finas e braços que terminavam em mãos tão grandes que pareciam se arrastar pelo chão. Vozes grossas. Uns potros, outros já cavalos, mas a maior parte ainda era de peões cabeçudos. Não reconheceu Amora, dessa vez por motivo diverso.

A final fora adiada para a tarde. Amora ganhou os cinco jogos de sua chave e estava na final. A vencedora da outra chave também tinha ganhado os cinco jogos. Na saída do ginásio, percebeu os meninos falando dela. Não ligou, estava concentrada. Almoçou numa lanchonete nas proximidades e logo estava de volta para estudar alguns movimentos na sala. Perdeu a noção do tempo e, quando viu, já estavam anunciando a disposição das mesas. Amora e Angélica, mesa dois. Não ouviu o nome de Júnior, ele não estava na final. Seguiu, sentou e pensou em três movimentos iniciais. Ergueu a cabeça e viu Angélica. Bochechas vermelhas, como se ali dentro estivesse muito quente, tinha o braço esquerdo ao lado do tabuleiro e tamborilava impaciente com a ponta dos dedos, o outro braço ia enfiado entre as pernas, por baixo da mesa. Amora estendeu a mão direita para cumprimentá-la antes do início do jogo, mesura de praxe, mas Angélica apenas baixou os olhos e estendeu a mesma mão que naquela hora mexia numa peça. Amora não gostou. Angélica moveu seu peão e, com a mesma mão, bateu no relógio. Amora moveu o mesmo peão, num espelho, e bateu no relógio. Três movimentos depois, Amora pensou que sua adversária a subestimava com aquela tentativa patética de pastor. Contra-atacou. Angélica iniciou uma defesa Philidor, suava, estava inquieta na cadeira e, antes de executar seu décimo movimento, secou a testa com o outro braço que terminava arredondado na altura do pulso com uma cicatriz avermelhada, recente. Amora paralisou e, antes que pudesse evitar, as palavras já tinham saído da sua boca. O que aconteceu com seu braço? Perdi a mão num acidente, fui atropelada por uma kombi, minha mão virou uma panqueca, não teve como salvar. O almoço de Amora se mexeu dentro dela, como os bispos de Angélica que ziguezagueavam pelo tabuleiro. Xeque-mate. Amora olhou a disposição das peças e estendeu a mão direita para a vitoriosa, depois se corrigiu rapidamente estendendo a outra. O professor ficou surpreso com a derrota. Amora queria explicar sobre a mão esmagada, mas pensou que a desculpa seria ridícula, embora tivesse mesmo ficado impressionada. Apenas disse que ela era muito boa mesmo.

 Seria uma longa tarde até a entrega das medalhas. Amora sentava à sombra de um ipê, quando Angélica pediu licença para lhe fazer companhia. Você joga muito bem. Você também, mas nunca te vi antes nas competições. Sou do Rio, me mudei pra cá faz dois meses. Eu diria pelo sotaque, mas não quis arriscar. Angélica segurava o braço com a outra mão, Amora tentava desviar o olhar, mas aquela era uma cena magnetizante. É engraçado, né? Quer tocar? Quero. Amora tocou a cicatriz com a ponta dos dedos. Ainda sinto a minha mão, sabia? Como ainda sente? Não sei. Dizem que é normal sentir. É engraçado, parece que você está pegando nela. Amora pensou naquilo. Achou estranho e ao mesmo tempo bonito que estivessem de mãos dadas. Amora sentiu que a pedra de carvão avermelhava seu ventre numa mistura de excitação e embaraço. Angélica lhe sorriu e ajeitou uma mecha do cabelo de Amora. Ela suspirou. Amora sabia o que era aquilo, mas não entendeu como podia ser. Falaram tantas frases quanto podiam embaixo daquele ipê.

Receberam as medalhas. Amora voltou para casa com uma bolacha prateada no peito, os pais estranharam. Então ela contou sobre Angélica, sobre o acidente e sobre como ela sentia sua mão como se ainda estivesse presa ao corpo. Nada de movimentos e xeques-mates. Seu assunto era Angélica. Queria encontrá-la novamente, compartilhar conversas, queria saber mais sobre sua vida e o acidente e como foi a recuperação, queria mais de Angélica. Tinha um pouco do seu perfume impregnado no nariz e sentia arrepiar-se por dentro. Enquanto contava, deu-se conta de que, naquele curto tempo, já amava Angélica e ficou incrivelmente agitada por lembrar que tinham combinado de ir à sorveteria no outro fim de semana. Amora contou os dias, apressou os minutos para que corressem em direção às horas.

Chovia. Se encontraram embaixo do toldo verde da Sorveteria da Kika. Amora ajudou Angélica a servir o sorvete do buffet. Com uma mão só, fica difícil. Nunca pensei nessas coisas. Nem eu, elas apenas acontecem e eu não sei o que fazer, como fechar e abrir um zíper. Amora concordava com a cabeça. Abrir é tranquilo, mas fechar é meio complicado. Deve ser. Ah, depois das férias, vou mudar de escola. Pra minha? Exato! Não acredito!

Naquele ano lento, a escola ganhou todas as seis competições de xadrez para as quais se inscreveu. O professor estava muito contente. Amora estava muito contente. As duas dividiam vitórias, tabuleiros e fones de ouvido, Amora segurava na mão imaginária de Angélica, enquanto na hora do recreio deitavam sob uma jabuticabeira. Ambas sentiam todas aquelas coisas que não teriam nomes, todos aqueles movimentos dentro. Até que Angélica disse: Amora, eu te amo. Amora continuou olhando para frente, onde umas crianças brincavam no parquinho do pátio. Deitou a cabeça no ombro de Angélica, que lhe deu um beijo na têmpora, um beijo comprido, cheio de pensamentos quentes. Mas foi a coisa mais brega, dita depois, que fez Amora entender: Você é quase toda amor.

O CORAÇÃO PRECISA SER PEGO DE SURPRESA PARA SER INCRIMINADO

NUNCA TINHA TRANSADO COM UMA MULHER e tinha decidido que seria comigo. No dia em que isso aconteceu, nós nos encontramos na frente do prédio da faculdade. Ela me disse que estava cansada de esperar e me perguntou por que é que eu nunca tinha dado em cima dela, se ela tinha algum problema. Eu disse que nada daquilo e que, ao contrário, achava ela muito atraente, só que nunca tinha pensado que havia qualquer interesse ou coisa parecida acontecendo entre a gente. Disse também que no dia da festa, quando nos conhecemos, eu achava que ela estivesse pouco sã e, como não tinha esboçado nenhuma vontade mais, pensei que as coisas parariam naquela instância. Ela ficou irritada e me chamou de idiota por não ter percebido o quão a fim ela estava.

Festa de faculdade onde se come salchipão e se toma cerveja morna ou vinho em copo plástico. Dois meses de aula e o diretório acadêmico resolve fazer uma confraternização, ainda bem. Estava começando a ficar muito estranho encontrar todos durante o dia, sóbrios, tomando um cafezinho ou correndo para a sala de aula. Na noite da festa, como era de se esperar, teve fiasco, bebedeira e muita vergonha para sentir nos dias que se passaram. Não de minha parte, é claro, eu sempre fui muito comedida. Fiquei a festa toda no mesmo canto, com a Martinha. Até ali havíamos trocado algumas palavras, sob estranhas circunstâncias, mas nada substancial. Depois de alguns copos de cerveja, as coisas começaram a fluir de um modo muito natural, tão natural que me pareceu bem ficar ali o tempo todo, apenas com ela. Na verdade, eu não me lembro de mais ninguém naquela noite. Lembro de saber que alguém tinha traído alguém no mesmo banheiro em que um terceiro, logo mais, haveria de vomitar todo. Lembro de um azulejo quebrado e da basculante solta na entrada. E lembro também de um professor tentando a muito custo dar uma carona para uma aluna. Mas nomes e detalhes relevantes não ficaram na minha memória propensa a se distrair. Martinha foi o que me encheu os olhos e os ouvidos. E quando já trocava as letras e não parava muito bem em pé, eu sugeri que fôssemos embora. Coloquei-a num táxi e segui em outro, porque morávamos para lados opostos. Eu vi a Martinha tapar a boca antes de dizer o endereço ao taxista. Vi seus olhos correrem contrários à paisagem.

    A noite poderia ter acabado assim, se a Martinha não tivesse descido do táxi e corrido na minha direção um segundo antes de eu embarcar. Ela deu uma risada estranha e sugeriu que fôssemos a outra festa. De um amigo. Ela prometeu que passaria lá, esqueceu, e agora ele ligava sem parar. Insistiu que eu fosse com ela. Eu disse que tudo bem e a fiz prometer que me lembraria de ligar para o cardiologista.

Poderia ter sido simples, mas não foi. Quando a enfermeira resolveu me passar para as urgências e pedir um eletrocardiograma, eu vi os olhos da Martinha se arregalarem e tenho certeza de que pensou o que estava fazendo lá com uma pessoa que mal conhecia e que podia morrer ali naquela hora. Eu sabia que ia morrer, não ali, não naquela hora. Mas estava cansada e deveria estar com uma cara terrível, o que deve ter ajudado a Martinha a criar a cena na cabeça dela. Antes da aula, naquele mesmo dia, eu passei muito mal. Tive uma arritmia estranha e precisei ser atendida no hospital da universidade. A Martinha não teve escolha, a professora apenas mandou-a me acompanhar. Passei para uma sala e uma enfermeira pediu que eu levantasse a blusa, tirasse os sapatos e arregaçasse as calças. Eu já conhecia o ritual, eu já tinha feito quinhentos eletrocardiogramas e eu também sabia que meu coração tinha se normalizado e que não havia mais nada que pudesse ser feito, a não ser esperar e descansar. Levou o resultado para uma médica na sala ao lado que logo veio falar comigo.

— Tu está te sentindo melhor?

— Sim. Estou. Na verdade eu tinha WPW...

— Ah, Wolff. Mas tu disse que tinha... não tem mais.

— Não, fiz uma cirurgia de ablação por radiofrequência que aparentemente não deu certo, ou eu tinha outros problemas não diagnosticados que só agora estão dando sua graça, como arritmias supraventriculares.

— Hmmm ou alguém gosta de se informar ou é hipocondríaca.

— Acho que as duas coisas.

— Então, tu tem essas taquicardias com frequência?

— Na verdade não, eu fiz essa cirurgia dois anos atrás... cirurgia, procedimento, não sei. Sei que estou curada, ou estava.

— Teu eletrocardiograma está normal.

— Eu imaginei. O coração precisa ser pego de surpresa para ser incriminado.

— Exatamente.

— E o que eu faço?

— Vamos te deixar em observação por algumas horas e, se continuar tudo bem, tu pode ir embora.

— Ah, certo... posso falar com minha acompanhante.

— Claro, eu peço para chamar. E a Andressa vai te mostrar a salinha de observação.

— Ok, obrigada.

A Martinha quando me viu deitada na maca fez a pior cara de pavor que eu já tinha visto. Eu disse que estava tudo bem e contei a ela todo o meu histórico com síndromes cardíacas e ataques de ansiedade. Outra mentira, quando chegamos na festa da faculdade, ela já sabia um bocado sobre mim, porque achei que seria conveniente dizer alguma coisa que apagasse aquela expressão de medo da cara dela. Então, contei sobre o meu nascimento. Contei que fui sozinha de ambulância para Porto Alegre e que meus pais vieram depois. Contei que passei vinte dias num CTI com cateter até na cabeça e que achava que era por isso que minha mãe não havia me amamentado e por isso agora não tomava leite e brinquei dizendo que talvez por isso fosse gay. Quando eu disse que era gay a Martinha ergueu as sobrancelhas como quem não esperava uma informação daquelas diluída no meio de problemas cardíacos e histórias de nascer.

Passamos o resto do dia juntas e, no fim da tarde, ela se lembrou da festa do curso. Eu não tinha muito o que fazer e queria apagar aquele dia ruim de hospital, tirar aquele cheiro de falsa assepsia do meu corpo. Pensei que seria uma boa. E fomos. Tudo foi bem, até a chegada à segunda festa.

Ela estava em pé perto da sacada e observava, cansada, o movimento da rua. O apartamento estava cheio. Era uma daquelas festas de amigo de um amigo de um amigo e nós duas lá éramos apenas outras. Tínhamos passado o dia juntas, mas há sempre aquele constrangimento próprio de uma coisa que ainda não é bem possibilidade nem de amizade, nem de nada, a não ser a salvação do desconhecimento. De longe, tentávamos adivinhar nossos humores. Eu quase alheia, ela talvez mais. A terceira taça já ia pela metade quando ela passou e, sem dizer nada, me levou pela mão até um dos quartos. Fechou a porta rapidamente com o peso do meu corpo e, com os braços estendidos, circunscreveu-me.

— Quero te beijar.

Me disse enquanto olhava incisiva dentro do meu silêncio e desviava o rosto para o lado da janela.

— Quero, mas não vou, se tu não quiser.
— Não consigo te olhar.
— Não precisa.

Colocou a mão sobre os meus olhos e encostou a boca quente na volta do meu pescoço.

— Tu tem o cheiro que eu imaginava.

Não consegui responder. Só pensei na sujidade do hospital, no cheiro de sangue coagulado com álcool.

Pensei no chão ensebado da emergência e das cadeiras esverdeadas pelas quais muita gente já havia passado. Ela subiu à minha nuca com a língua. Eu imóvel. Afastou-se um pouco e comprovou uma expressão de medo. Sem descobrir meus olhos, foi se aproximando até que nossas respirações se atravessassem, até que nossos lábios quase se tocassem, até onde a latência permitia. Engoli seco e sua respiração foi pesando sobre o peito, por entre os dedos, vi que passou a língua nos lábios apreensivos e quando senti um ar mais cálido incidir sobre meus dentes e língua, recuei, batendo com a cabeça na madeira da porta. Não esbocei qualquer sinal, nem de constrangimento, nem de dor. Tinha ainda aquela mão meio fria, meio farpa sobre meus olhos que relutavam em se abrir. Ela ria em silêncio e fez menção de deixar a mão escorregar do meu rosto.

— Não.

Deteve-se. Deixou a mão onde estava e entendeu que ali havia certa conivência. Continuou exatamente como antes, imóvel, respiração rendida por volição. Senti a mão fria por baixo da blusa, minha boca se abriu levemente, contrai o ventre e um gemido escapou, fio de voz frouxa. De perto, tentávamos adivinhar nossos humores. Ela maliciosa, eu entregue. A mão parou sobre as batidas em desacerto, a pele se arrepiou.

— Tudo bem com o teu coração?
— Sim.
— Tá batendo rápido.

Eu ri e movi as minhas mãos, até então pendidas ao lado do corpo, ao ponto de se tocarem por trás dela, e sentia tremer de leve as pernas.

Não passou daquilo. Saímos do quarto quando alguém bateu à porta. E eu fiquei com a Martinha na cabeça por dias e dias, a cena se repetindo infinitamente dentro dos meus olhos, atrás de tudo o que eu via, antes de dormir, ao acordar, no meio do dia, na fila do banco, na hora do almoço.

Aquilo de eu não ter notado nada sobre ela estar a fim e ser meio idiota era pura verdade. Me desculpei dizendo que era mesmo lenta. Entramos caladas no corredor e seguimos até o banheiro. Molhei meu rosto e deixei a água escorrer sem olhar para ela. Entrei num dos cubículos e ela ficou escorada na pia um tempo antes de entrar. O lugar era apertado e ficamos inevitavelmente frente a frente. Pus a mão em sua nuca e puxei-a para mais perto de mim. Nos beijamos. Foi só naquela hora que eu vi o quanto a Martinha era pequena. Sentei no vaso e ela sobre as minhas pernas. Continuamos nos beijando. Suas pernas se afrouxaram por cima das minhas. Comecei a desabotoar a camisa dela e ela puxou a saia para cima. Ela levantou a minha camiseta e desprendeu os ganchos do meu sutiã. Antes que eu pudesse responder qualquer coisa, ela colocou a boca molhada aberta sobre meu peito. Joguei a cabeça para trás. Como o teto daquele banheiro era alto. A Martinha sussurrou que queria estar numa cama. O teto era mesmo alto.

— Mas só temos esse banheiro estreito agora.

Apertei a mão sobre a calcinha dela. Ela tirou minha mão meio de susto e abriu meu fecho com a outra, forçou a mão para dentro das calças e meio sem jeito pôs dois dedos em mim. Fechei os olhos e os barulhos do ambiente ficaram confusos.

— Não sei bem o que fazer.
— Tá indo bem.

Ela continuou. Me mordeu o pescoço e o peito, enquanto os dedos iam e vinham ainda desajeitados. Não foi ela, foi toda a situação. Senti os dedos se apertarem dentro de mim. Nessa hora eu pensei no meu coração. Queimando. Pensei nas falhas todas que seu mecanismo dispunha. Pensei no cateter enfiado na minha cabeça, no cheiro de mijo do banheiro, na voz da médica durante o diagnóstico, no teto mofado. Pensei na válvula posta na minha aorta, na altura da virilha, para que, na hora da cirurgia, o sangue não se esvaísse, jorrando todo para fora do corpo. Pulsátil, vermelho, quente. Eu ficando fria, morrendo um pouco. O sangue indo embora. Tentei fazer com que aquelas imagens se desfigurassem, saíssem da minha cabeça, mas não pude. Eu ficando branca, amolecida. Ela abriu a boca de susto e sem constrangimento riu.

— Acho que consegui.

Eu tirei aquele sorriso dela com a minha boca, respirando um pouco da vida que estava ali na minha cara, virei a Martinha para a porta e senti suas costas suadas no meu peito. Puxei a calcinha para o lado e deslizei meus dedos para dentro dela. Um devagar, depois outro com mais força. Ela jogou a cabeça para trás e gemeu alto. Eu tapei sua boca com a palma da mão, porque, por um momento, ela tinha esquecido que estávamos num banheiro. A Martinha mordeu minha mão, mordeu meu pescoço, meus cabelos e minha boca, enquanto empurrava o quadril para frente e para trás e apertava sua mão por cima da minha. Teve um silêncio e movimentos ritmados do seu dorso cada vez mais para baixo. Dobrou o corpo todo para frente e espalmou a mão na porta de madeira azul e foi nessa hora que eu lembrei de dar uma volta na chave. Ela levantou rápido, mas não foi por medo. Foi para virar e sentar novamente de frente para mim, suada. Descansou os braços nos meus ombros.

— Tu tem uns peitos bonitos.

Não respondi.

— Pena que aí dentro seja tudo meio bagunçado.

Lambeu os dois dedos e me olhou no fundo dos olhos ainda com eles na boca. Passamos o resto do dia juntas.

DEUS ME LIVRE

O SALÃO ESTAVA LOTADO e Vera se concentrava, na salinha ao lado do altar, para o seu primeiro sermão na igreja.

Deus me livre de uma coisa dessas! É pela graça de Jesus que eu estou aqui, aleluia, agradecendo, aleluia! Porque as tentações estão todas à nossa volta, estão todas à nossa volta, mas eu não caio e vocês não haverão de cair. Só por Deus. Porque hoje eu estou aqui para dar o meu testemunho para vocês de que o sangue de Jesus tem poder, tem poder sim, tem poder! Quando eu menos esperava, ele me acudiu, ele não me deixou sozinha, ele cuidou de mim e me botou nas mãos de um anjo. De um anjo! E eu voei, eu voei e vi tudo o que até então eu não tinha visto, porque o voo era alto e, aleluia, era tão bonito lá de cima, fora do chão, por cima das árvores, por cima dos telhados. Eu via o formato da praça e a torre da igreja. Tudo de cima, porque era de cima que eu enxergava de mãos dadas com o meu anjo. O anjo que Deus botou no meu caminho. Só que antes, meus amigos, eu estava nas trevas. Eu andava na escuridão. Eu andava sem rumo aqui mesmo no chão, bem perto de tudo o que é mundano, tudo o que devemos amar, porque é obra divina, mas que devemos também não aceitar com afobação, porque pode ser armadilha de Satanás. E como distinguir? Como distinguir? Orando! Orando e apenas orando, pedindo a Deus, Jesus e ao Espírito Santo que interceda na nossa visão e que ilumine os nossos caminhos tortuosos. Só que nossos olhos se acostumam à penumbra e a gente só vai notar que precisa de ajuda quando as pernas já não aguentam mais o peso do corpo, o peso da culpa, o peso dos pecados. Eu andava pela rua. Eu não tinha casa. Minha família me queria bem, mas eles não sabiam o que fazer, não sabiam mais o que fazer comigo. Eu, sempre drogada, sempre bêbada, sempre com um homem diferente. E essa cidade, amigos, é pequena, como todos sabem. É pequena demais para tantos homens diferentes. Pode fazer cara feia que eu não tenho medo de cara feia! Deus é mais.

Aleluia!

Ele me deu a chance de estar aqui contando a minha profissão de fé porque eu creio em um só Deus-Pai

E todos acompanharam: todo-poderoso, criador do céu e da terra, de todas as coisas visíveis e invisíveis.

Visíveis e invisíveis! Visíveis e invisíveis, meus irmãos. Por ele todas as coisas foram feitas. E por nós e para a nossa salvação ele desceu dos céus. E encarnou pelo Espírito Santo, no seio da Virgem Maria. No seio da Virgem Maria, aleluia. Aqui é aonde eu quero chegar e é aqui que eu paro. Porque, depois do seio, foi só desgraça. Depois do seio, se fez homem, depois foi crucificado, morto e sepultado.

O seio é símbolo da fé, é símbolo do amor, é símbolo da devoção, do cuidado. É claro que Jesus morreu para nos salvar, mas procuremos entender, meus amigos e amigas, que, às vezes, precisamos de um seio para nos confortar, para sermos protegidos como a virgem protegeu Jesus.

E todos concordavam com a cabeça e erguiam as mãos para o alto.

É por isso que hoje eu quero que todos vocês conheçam seu anjo e saibam reconhecê-lo. Que, às vezes, ele não vem na forma que queremos. Que, às vezes, ele vem disfarçado de pobre, disfarçado de mendigo. Mas é preciso reconhecê-lo e amá-lo e saber respeitar seus desejos. Eu conheci o meu anjo na terra, o meu anjo de luz que o Senhor mandou, graças a Deus, para me tirar de uma vida de perdição, para me tirar de uma vida rastejante e imunda, para me livrar de tudo o que é ruim. Mas eu, eu não queria aceitar. Eu não queria! Eu demorei. Não pensem que foi fácil. Nem para mim, nem para quem estava ao meu redor, porque não é simples mudar de vida. Deus nos dá provações, Deus nos põe desafios! E cabe a nós termos fé para dobrar os caminhos tortuosos e conseguir enxergar a luz divina nos mais recônditos dos lugares. E o lugar onde Deus botou a luz para mim, vocês não vão acreditar. Querem saber? Vocês querem saber? Querem que eu dê o meu testemunho?

E todos disseram em coro: queremos!

Pois bem. Eu estava numa rua escura aqui da cidade, uma rua conhecida por todos por ser a rua dos drogados, das prostitutas e dos invertidos. Eu estava lá porque era lá que eu consumia minha vida. E sentada na calçada eu pedi que Deus interviesse por mim, porque eu já não tinha mais forças, eu não tinha força nenhuma. E me escorei numa parede fria para fumar a última pedra que eu possuía. Depois ia ser como sempre, morrer um pouco. Dormir na letargia para não sentir a dor do vazio de estar vivo e não ter fé nenhuma. Mas não foi assim. Eu senti dois braços me erguendo daquele chão úmido e me levando para dentro de um lugar confortável. Se não foi Deus, amigos e amigas, então eu não sei quem foi. Deus mandou o anjo naquele momento que talvez pudesse ter sido o meu último. E quando eu me dei conta, estava numa cama quente, com os pés lavados, sendo servida de sopa e chá. Eu relutei. Eu relutei e pensei que não fosse merecedora. Mas as coisas boas continuaram vindo. Me ofereceram uma toalha e um banho e uma escova de dentes e, quando eu saí do banheiro, nem eu me reconhecia. Eu descobria ali que era uma mulher bonita ainda. Que era uma pessoa humana. E então eu ganhei uma voz, uma voz que agradecia, e não agradecia uma coisa abstrata. Não! Eu agradecia o milagre e agradecia a alguém, ao meu anjo! Meu anjo me deu comida, meu anjo me deu atenção, meu anjo me deu um lar. Porque uma casa, uma casa eu tinha! Eu não tinha um lar, eu não tinha um seio. E por que eu não tinha um lar? Porque eu não tinha amor! E sem amor não se tem nada. Nada. Nada. Agora, não pensem que foi fácil aceitar, não foi. Como eu disse, foi com muita oração e não falando para todo o mundo. Não! Foi meditando na glória do Senhor que eu comecei a entender e quando eu me entreguei, eu já disse para vocês, eu não caí de novo, eu voei. Porque o tipo de amor que o anjo tinha para me dar era um amor de entrega, um amor purificado de zelo, sem intenção de aproveitamento. Era um amor sincero. É ainda. E eu peguei na mão do meu anjo para viver isso que Deus colocou no meu caminho. O meu anjo tem as mãos macias, porém fortes. Pode me acariciar e pode me levar segura para não conhecer mais a queda. O meu anjo tem um olhar doce quando me olha e um olhar feroz quando encara os perigos do demônio. E o meu anjo tem me ensinado a viver em paz com Deus. E quando eu ia imaginar que naquela rua, que era o único caminho que eu via, meu começo e meu fim, quando eu ia imaginar que um anjo de Deus fosse me buscar lá? Mas ele foi! E só foi porque eu pedi. Aleluia!

Aleluia!

E por isso que hoje, aqui na frente de vocês, comunidade, eu vim contar meu testemunho de fé. Porque faz um mês, nós casamos. Mas eu não posso ter filho, porque a droga estragou meu corpo. Só que esse anjo já tem um filho e meu anjo cria esse filho sem ajuda! Como Deus é sábio e bondoso. Eu me tirei tudo e ele me deu tudo de volta. Dessa vez, eu não vou decepcioná-lo, pai!

E todos apontaram para cima e ecoaram: ela não te decepcionará, pai! Nós não te decepcionaremos!

Então eu quero chamar meu anjo aqui para cantar a glória comigo, aqui na frente. Vem, Leila!

As pessoas ficaram alguns segundos sem entender o que acontecia, enquanto juntas, no altar, Leila e Vera entoavam glória, glória aleluia, glória, glória aleluia de olhos fechados e mãos erguidas. Aos poucos o coro começou a engrossar. Vozes aqui e ali, meio incertas ainda foram entrando no louvor. Até que todas as vozes se avolumaram num reconhecimento de fé, porque ali ninguém duvidava que Deus era mais.

UMAS PERNAS GROSSAS

NÃO PODIA SER, não podia estar certo, a Isadora tinha namorado e, naquele momento, o namorado da Isadora devia estar na arquibancada, esperando que ela entrasse em campo.

Eu já desconfiava das gêmeas, a Greice e a Kelli, duas loiras parrudas, cujas coxas eram bem maiores que a circunferência do meu corpo inteiro. Não sei. Alguma coisa no jeito de andar, na grossura das pernas, talvez, mas a Isadora não era nada daquilo. A Isadora vinha para o treino de unhas feitas. Ela tinha um caderno da *Malhação* com o Cláudio Heinrich na capa, e isso era o cúmulo da heteronormatividade. Nós tínhamos catorze, quinze anos e todas nós confiávamos cegamente na revistinha do horóscopo, éramos meninas, fazíamos coisas que diziam ser de meninas. Será que o futebol era um indicador? Acho que não, quase todas tinham namorado, menos a

Greice e a Kelli, e eu não tinha porque era puta mesmo, como diziam, ficava com todo mundo.

Na verdade, eu nem gostava muito de futebol. Eu gostava de handebol — e, onde eu morava, se dizia *ãndebóu* —, mas parei de jogar, porque uma ridícula ficava me chamando de lésbica e dizia que eu me esfregava nela durante o jogo. Pelo amor de deus, eu não era lésbica, não me sentia atraída por ela, ela era feia para o meu gosto não-lésbico. Bonita mesmo era a Ariela, essa sim. Voava para dentro da área com a bola na mão, eu via a cena num ralentando de movimentos quase etéreos, a Ariela com as pernas muito longas, se dobrando como num salto de balé clássico, músculos constritos, antes da expansão, voando, entrando na área, o braço erguendo, as veias dos punhos, a mordida no lábio inferior, e soltava a mão. Bala de canhão. A Ariela era canhota e isso confundia as pessoas. Eu, por conta da ogra que me chamava de lésbica, virei goleira para evitar constrangimentos. Acontece que eu me tornei uma ótima goleira, excelente, na verdade, mas, toda vez que a Ariela voava na minha direção, tudo sumia, eu congelava nos olhos dela. O Marco ficava puto. O Marco treinava a gente no turno contrário da aula, sempre me botava para jogar contra a Ariela, porque eu era a melhor goleira e ela, a melhor atacante. Perdi a conta das boladas na cara, na barriga, perdi a conta dos dedos quebrados, mas sempre valia. No fim do treino, ela vinha me abraçar e dizer que aquilo era uma briga justa. E então ela passava a mão no meu cabelo e me dava um beijo estalado na bochecha, depois me empurrava com um soquinho fajuto. Era uma espécie de ritual para mim, se não tivesse isso no final, o jogo não tinha sido nem bom, nem justo.

Nossa! Como eu queria ter os braços da Ariela, mas sempre tive braços lisos, sem veias, sem marcas, sem pelos. A Ariela tinha uns braços morenos e cheios de sardas, com veias saltadas, as juntas dos dedos grossas, todas grossas de estalar. Eu tenho uns dedos estranhos, hoje tortos de tanto quebrar.

Depois do jogo, a gente ia sentar nas arquibancadas com os guris. Eu ficava com o Diogo, na época. Um alemãozinho magricela com corte de cabelo penico. A Ariela ficava com Felipe, um cara do terceiro. Nós tomávamos sorvete e depois subíamos até o parque para ver os guris jogarem basquete. Minha adolescência foi recheada de esportes e atividades que hoje eu nem consigo pensar em fazer. Não sei se era a escola que incentivava ou se coincidentemente todos os adolescentes daquele colégio gostavam de esportes, o fato é que éramos sempre os melhores das olimpíadas municipais. Éramos todos aficionados por jogos. Lembro que nossa turma resolveu matar aula em peso para assistir Grêmio e Ajax na final do Mundial Interclubes. Os gremistas sofreram o jogo inteiro, enquanto os colorados ficaram secando todas as bolas que entravam na área. No fim, perdemos nos pênaltis. Quatro a três. A ogra que me chamava de lésbica nos dedurou para a professora conselheira, só porque ela não tinha sido convidada. No dia seguinte, todos na direção, dando explicações. Os pais se desculpando com o diretor e com os professores, dizendo que aquilo não aconteceria novamente.

Um dia depois do evento, o Marco perguntou se eu não queria jogar futebol de campo. Eu disse que preferia assistir em casa no horário de aula. Ele quis fazer menção de estar irritado e não concordar com o que tínhamos feito, mas riu da piada. Eu disse que gostaria de jogar futebol de campo sim, aí ele me mandou para uma seletiva de um clube da cidade que estava abrindo um time feminino. Eu fui no horário marcado. Fiz prova física e uma incrível prova escrita sobre conhecimentos gerais e desportivos. No dia seguinte, ele perguntou se eu tinha conseguido a vaga de goleira e eu disse que não. Ele fez uma cara meio triste para ser solidário, acho, e disse que da próxima vez talvez eu conseguisse. Então eu falei que tinha conseguido vaga de atacante. Camisa nove. Ele me olhou intrigado, depois sorriu com satisfação.

A Isadora era camisa dez. A Tui, oito, a Rose era onze, a Greice era cinco, a Kelli era dois, a Simone, quatro e a Jana ficou de goleira. Das outras eu não lembro. Essa era a minha turma do futebol e nós viajávamos e ficávamos amigas de gurias dos outros times da região. Quase todos os fins de semana tinha jogo em algum lugar. A gente era muito ruim, mas isso não importava. Era bacana viajar todo sábado para outra cidade, era ótimo comemorar os gols nos amontoando no chão ou com abraços e pulos, porque lá eu não era uma "lésbica nojenta que se esfrega nas pessoas", lá eu podia tocar os outros sem o ônus de um apelido idiota.

Um tempo depois, eu encontrei as gurias do time de Parobé numa festinha gay e, quando a Daphne-Teco-Teco me viu, ficou chocada. Isso foi um tempão depois que eu parei de jogar, uns três, quatro anos, acho. Ela me perguntou o que eu estava fazendo lá e se eu realmente sabia que era uma festa gay e eu disse que sabia e que justamente por isso estava lá, então rimos e ela me deu uns tabefes no ombro como quem cobrava alguma explicação, mas eu apenas sorri e a adverti que tivesse paciência, porque eu não estava a fim de contar a história naquele momento. Ela me puxou para cima de um palquinho e disse que queria me apresentar uma pessoa, a namorada dela. Olhou para a pista de dança e depois para os cantos escuros do lugar e finalmente apontou para uma ruiva alta que estava de costas para nós, apoiada no bar. Saltamos de mãos dadas. Ela me levou correndo até lá e me apresentou a Sandra. Eu olhei para a Sandra e ela quase morreu engasgada com a bebida. Ela me cumprimentou falando meu nome entre tosse e surpresa. Era a ogra que me chamava de lésbica na escola. Eu ri e disse que deveria ter ouvido com mais atenção os toques que ela me dava. Mas eu juro que nunca tinha me esfregado nela durante as aulas de handebol, nunca. Eu não tinha nem consciência do que eu sentia pela Ariela. Outro dia achei a Ariela numa rede social, casada, com filhos, advogada. Sem chances, pensei. Pensei em várias coisas naquele dia, pensei nos rumos que a vida toma e procurei todas as gurias nas redes sociais, todas de quem eu lembrava o nome completo. Parecia que eu era a que menos tinha mudado, não sei. Pode ser impressão.

 Quando cheguei ao perfil da Isadora, vi que ela tinha muitas fotos com a Kelli e que elas eram casadas uma com a outra. Meus olhos não estavam enganados, nunca estiveram. Aquilo sempre tinha sido paixão, sempre. O jeito que estavam se pegando embaixo do chuveiro no vestiário. Eu voltei para pegar a minha caneleira. Todo o time já estava na concentração, dentro do campo, batendo bola. Menos a Kelli e a Isadora. Eu entrei no vestiário e ouvi o chuveiro ligado. Os cubículos tinham as portas vazadas na parte de baixo e tudo o que eu vi foram quatro pernas perdidas umas nas outras, umas canelas redondas que certamente dariam nas coxas grossas da Kelli e as unhas bem feitas dos pés da Isadora.

AS TIAS

DESDE MOÇAS, ESTAVAM JUNTAS. A tia Leci tinha dezessete anos, e a tia Alvina, quando entrou, tinha quinze. Era comum nessas famílias meio grandes que uma, duas filhas fossem para o convento. Desde lá, não se desgrudavam, sessenta anos. Alguém entende o que são sessenta anos de convivência? Eu não sei entender. Ficaram quinze anos no convento e, depois disso, resolveram sair, compraram um sobrado no interior de Garibaldi e lá começaram uma vida nova. A tia Leci tinha formação de magistério e foi dar aula, e a tia Alvina era uma cozinheira espetacular. Colocaram uma plaquinha no portão, dizendo que vendiam bolos, pães e biscoitos. Em um mês que estavam lá, a fila para comprar seus deliciosos quitutes chegava a dobrar a esquina.

Meu pai, que era irmão da tia Alvina, foi o primeiro a visitá-las, depois levou minha mãe e o meu irmão, que tinha acabado de nascer. Quando eu fui pela primeira vez à casa das tias, tudo já estava meio que assentado e aceito. Nada se discutia sobre ir ou não ir à casa das moças que fugiram do convento para morar juntas. Ninguém mais achava estranho, não tinha por quê. Acho que melhorou quando todos pararam de perguntar. O tempo já tinha passado. A vida das tias estava resolvida.

Tinham uma rotina simples. Pouco saíam de casa. Guardavam todo o dinheiro para viajar. Essa era a única extravagância, como diziam. Acho que aprontavam tudo que não podiam durante essas viagens. Não sei, não que não pudessem fazer nada, ah, não sei. Sei que viajavam bastante. A primeira vez que anunciaram uma viagem, telefonaram para a minha mãe perguntando se ela podia ficar com o Mitcho. Minha mãe não gostava muito de gatos, mas ficou tão excitada com a notícia da viagem que aceitou de bom grado. As tias iriam para a Itália. Estavam eletrizadas. A família toda estava. Até minha vó, que, não se sabia muito bem por que, havia meio que parado de falar com elas, foi até lá dizer que ia rezar para Santos Dumont proteger o avião e não deixar que nada de mau acontecesse com elas durante a viagem. Acho que era a primeira vez que alguém da família viajava de avião. Na volta, trouxeram presentes. Ganhamos terços abençoados, e quem fosse à casa das tias naquele mês com certeza ouviu volare ooo cantare ooo-o. Uma pena que as fotos todas velaram. Parece que a tia Leci deixou a máquina fotográfica cair e nenhuma foto se salvou. Aquilo passou a ser rotina, as viagens e a ausência de fotografias. Elas pegaram tanto gosto pelas viagens que decidiram ir a cada dois anos para um país diferente. Também não dava para exagerar, ir todos os anos. E foram para Argentina,

Austrália, Áustria, Chile, Colômbia, Dinamarca, Espanha, Estados Unidos, França, Hungria, Indonésia, Inglaterra, Irlanda, Israel, Itália, Japão, Madagascar, Portugal, Rússia, Suécia, Suíça, davam sempre essa lista em ordem alfabética e riam quando se esqueciam de algum país, era uma brincadeira delas.

Com o passar dos anos e da cara feia de alguns parentes, a tia Alvina teve a ideia de fazer um daqueles almoços de família na casa delas. Geralmente os almoços de família eram na casa da minha vó, mas a tia Leci não gostava muito, não se sentia bem. Todo mundo perguntava sobre ela, pois não era exatamente da família, quero dizer, nós ali de casa sempre a chamávamos de tia, mesmo ela não sendo irmã do meu pai. Depois da primeira vez que eu fui a um desses almoços e ouvi as conversas sobre a tia Leci, entendi as razões para ela não ficar à vontade. Ela sabia que aqueles almoços e reuniões de família eram importantes para a tia Alvina, então, numa tentativa de agradar a todos, resolveu sugerir que fizessem lá na casa delas. O pátio era grande e com um jardim meticulosamente cuidado, era um bonito cenário para o encontro.

A tia Leci se esmerou na arrumação da mesa e na feitura das comidas, sob os protestos vindos da tia Alvina de que seria comida demais e enfeite demais, mas ela sabia que não era e todos a elogiariam. De fato, as conversas sobre as duas diminuíam quando a festa era lá. Só não se podia elogiar muito a comida da tia Leci e não mencionar as que a tia Alvina fazia, isso sim era criar uma intriga. No fim, riam.

Um dia, eu perguntei para a minha mãe de quem a tia Leci era filha ou irmã e minha mãe torceu a cara, depois disse que não era filha de ninguém e que ela e a tia Alvina tinham se conhecido no convento e desde então moravam juntas. Não perguntei mais nada, estava claro para mim, e agora muito mais curioso.

Quando, há uns três anos, a tia Alvina teve o AVC e precisou ficar uns dias internada, a Leci quase morreu de tristeza. Toda aquela parentada lá se oferecendo para ficar no hospital e pernoitar. É familiar? Dizia a moça da recepção e todos assentiam: primas, irmãs, sobrinhas. Nessas horas de hospital, sempre aparece alguém. Mas a Leci não era parente e toda vez que chegava para ficar, a moça da recepção lhe dizia que já havia um parente no quarto e que para o pernoite parentes tinham preferência. A tia Leci voltava para casa chorando. Mas o que a senhora é dela, dona Leci?, perguntava a moça da recepção. Amiga, dizia ela com uma voz de comiseração. Já tem parente lá em cima no quarto, a senhora não pode subir. Acho que a tia Leci foi uma vez só ao quarto da tia Alvina e saiu de lá com o coração na goela. Eu levei a tia Leci para casa e ela me dizia o seguinte: é, minha filha, nessas horas a família é tudo, ainda bem que a Alvina tem família, ainda bem, deus é bom e sabe o que faz, tudo vai dar certo e logo ela volta pra casa, eu só vou precisar ver das barras de segurança, essas que se colocam nas escadas, no chuveiro, no banho, não sei se a Alvina vai ficar com alguma sequela. Tia, eu conheço uma fisioterapeuta que atende em casa, se a senhora quiser. Ah, que bom, minha filha, quero sim, acho que vai precisar, né, uma fisioterapia pra ajudar na recuperação, mas, se deus quiser, a Alvina não vai ficar com nada grave. A boca parece que está meio pra baixo, não notou, filha? Notei, tia, mas isso aí o médico disse que não vai ser problema sério, porque a tia Alvina já tá até falando, uma sorte mesmo, não é? É, minha filha, é mesmo, e o que mais o médico disse, que eu não pude ficar muito lá no quarto com ela — e encheu os olhos de lágrimas —, o que mais ele disse? Ele disse que não foi tão grave quanto poderia ter sido, mas que ela vai precisar de físio mesmo por causa do braço que ficou meio comprometido, mas que tudo vai ficar bem.

Eu comecei a frequentar a casa das tias depois do incidente por dois motivos: queria ajudar e queria entender como aquilo funcionava. Semanas depois, elas ficaram mais à vontade, eu podia ver uma mão que procurava a da outra enquanto assistiam à televisão, abraços e, uma vez, peguei um beijo furtivo de bom dia na cozinha.

No dia em que a tia Leci ficou gripada, a Alvina se desesperou, me ligou pedindo para que por favor dormisse lá porque ela, naquele estado, não era capaz de cuidar bem da Leci, que estava com um febrão e não dizia coisa com coisa, que por favor viesse. Foi mais ou menos assim a ligação que recebi. Fui. Não deixaria as tias na mão, ainda mais agora que confiavam em mim.

Quando cheguei, as duas dançavam na sala. A Leci nem parecia doente: filha, nós te chamamos aqui, não só porque eu estou gripada, até porque é um resfriadinho, nós te chamamos por uma opinião e uma explicação. É, uma opinião e uma explicação, repetiu a tia Alvina. Eu perguntei o que era e logo me disseram sem embromar: queremos casar. Eu achei aquilo tão bonito e inusitado que chorei um pouco. A Leci continuou a me explicar. Tu sabes que tudo o que temos é nosso, é junto, mas nada pela lei funciona assim, se algo acontece com a Alvina, deus que me perdoe, eu fico com uma mão na frente e outra atrás, além do que, se a Alvina vai de novo pro hospital, eu não posso nem cuidar dela, não tenho direito de entrar no quarto, porque tem sempre uma fila de parente que aparece quando um velho se hospitaliza, deus me livre, parecem varejeiras na merda, nossa pergunta, filha, é se tu pode ser nossa testemunha. Não é bem casamento, é uma união estável. Já separamos todo o necessário, só temos que ir no cartório, na semana que vem tem um feriado e vamos viajar de lua de mel, não aceitamos não como resposta, te compramos passagem pra ir junto, não é nada longe, nada estrambólico, é só uma ida ali para Maragogi, quarto separado, evidentemente. Topas? Espera, não responde. Tu imagina que, além da dor da perda, eu ainda teria que me preocupar com outras questões, imagina que talvez eu tivesse que sair da minha casa porque ela não seria minha? Tu imagina que, se eu morro, a Alvina fica sem pensão, porque é da minha aposentadoria que a gente vive também. Tu imagina tudo isso e pensa que somos duas velhas, e que o que fazem com velho geralmente é jogar pra lá e pra cá como se fossem sacos de entulho, e querida, nós damos trabalho mesmo, então, não é melhor assim? Elas já tinham tudo pensado, eu só poderia aceitar.

    Casaram. Continuaram felizes como sempre foram. E assim seria, até que a morte ou alguma burocracia as separasse novamente. De qualquer forma, é o melhor e mais bem-sucedido casamento da família.

MORDER A LÍNGUA

QUANDO A BOCA JÁ ESTAVA CHEIA DE SANGUE, decidiu ir ao banheiro ver o que tinha acontecido. Antes, estavam discutindo. Era a oitava briga do fim de semana. Naquela, falavam sobre como não tinham mais tempo para ficar juntas e que precisavam se organizar para tanto. Isso logo descambou para sobre como aquele ano estava infeliz, sobre como estavam sendo uma piada para os amigos e não havia nada que pudesse ser feito, a não ser. E mordeu a língua tão forte que imediatamente esqueceu-se do que falava. Fechou os olhos enquanto a outra esperava pelo fim da frase. Em vão. Apertou a toalha da mesa e com a mão fechada, socou. Terminou de engolir o pedaço de carne, que, mesmo bem passado, ganhou um gosto cru. Ficou paralisada na cadeira, olhando fixamente para um ponto da mesa onde a toalha estava manchada de gordura. A mancha lhe incomodou, porque, num tipo de restaurante como aquele, a toalha não deveria estar manchada. Manuela perguntou o que estava acontecendo, pois o silêncio se prolongava demais. Respondeu meio enrolada, agora com a mão estatelada na testa, que havia mordido a língua, e pensou no que poderia ter dito de tão inconveniente para ter mordido com tanta força. Uma vez a mãe lhe disse que as pessoas inconscientemente se machucam quando estão fazendo algo errado. Talvez ela não estivesse tão satisfeita com o relacionamento ou com ela mesma. Talvez ela não devesse abrir a boca nunca mesmo, pois tudo o que falava era fraudulento. Talvez não quisesse passar tempo, nem viajar, nem comprar apartamento, nem nada daquilo. E agora falava e falava sem parar sobre desejos que na verdade não lhe pertenciam. Tudo isso para mascarar o óbvio: tinha traído. Merda. Falou em voz alta, com a língua submersa em saliva e sangue. A mancha continuava lá. Levantou-se e foi ao banheiro.

De frente para o espelho e com a pia cuspida em vermelho, tentou retomar o raciocínio que a tinha levado à conclusão da sua própria fraude. Falência pessoal. Por que estava mentindo tão escandalosamente? O salto fora amplo demais. Se ao menos tivesse um insight dentro da hora cara do psiquiatra, a coisa iria melhor, cavaria em reverso todo o pensamento até que encontrasse explicação plausível para si mesma. Mas claro que não havia. Tinha mesmo de ser num restaurante, num lugar onde mais se engole do que se expele, que acharia uma razão. Ergueu o rosto para o espelho, notou certa palidez, mas deu crédito às fluorescentes brancas em número demasiado que cruzavam o teto. Antes de verificar a língua, mostrou os dentes a si mesma, como quem analisa uma ferocidade. Queria sair dali, não só do restaurante, mas daquele momento infeliz que vivia. Pronto. Não era a Manuela apenas, era tudo o que a circunscrevia: a felicidade obrigada, os planos, a vontade de ter filhos. Nada daquilo parecia atraí-la. Queria correr na direção contrária, fugir, acovardar-se, sem se cobrar uma vida estável, monótona e feliz. Abriu a boca novamente, havia muito sangue ainda. O bastante para assustar uma mãe e sua filha pequena que saíam de um dos cubículos, mas não o bastante para que elas perguntassem se estava tudo bem. Sorriu sardônica com os lábios manchados e deu espaço. Sentiu um pouco de tontura e sentou sobre um dos sanitários. Alguém do lado de fora perguntava se ela estava bem. Era a voz de Manuela. Respondeu que sim e percebeu que já falava melhor, possivelmente por ter cuspido todo o sangue que começava a se acumular de novo. Quando notou que o banheiro estava vazio, voltou à frente do espelho. Espichou a língua para fora da boca. A mordida deveria ter sido muito forte, a coisa estava meio disforme, meio arroxeada. Uma pequena parte da língua havia se esmigalhado, assim, bem na ponta. Fechou rápido os olhos, sentiu gotas de suor brotando em suas têmporas e a sensação iminente do desmaio. Abriu os olhos e viu o reflexo de Manuela no espelho.

— O que aconteceu, amor?

Apoiou-se no marco da porta e escorregou para dentro do cubículo. O som se abafou em sua cabeça e tudo ficou borrado. Ouviu novamente alguém pedindo uma confirmação do seu bem-estar. Teve vontade de chorar. Escorou a cabeça no frio do azulejo e o homem do metrô invadiu sua memória. Encarou a porta de madeira, mas procurava a janela. O flerte, a perseguição consentida até o parque, o corpo que a apertava contra uma árvore, o cavanhaque cafona, as mãos grossas que lhe apertavam os seios, o pau duro esfregado contra sua calça áspera e úmida, a descida, o pau na boca, o pau dentro da boca dela, ele gozando. Respondeu com mais ar do que voz que estava tudo bem e pediu que voltasse à mesa e continuasse a comer sem ela. Manuela insistiu que aceitasse uma água ao menos. Estendeu o braço para fora da porta e agarrou a garrafa. Sem nem abrir os olhos enfiou o gargalo na boca e bebeu. Engoliu todo o sangue. Bebeu mais um gole e depois ficou com um pouco d'água dentro da boca. Lembrou-se do gosto do sêmen, da mancha em sua calça. Sentia-se suja e bem. Abriu os olhos e viu o sangue dentro da garrafa, movendo-se lenta e poeticamente. Fosse paisagem, seria bonito ver aquela mancha vermelha se dissipando na água translúcida. Mas era só sangue boiando em água de garrafa plástica. Não tinha desculpas para a traição. Não era amor, não era nem interesse. Foi só uma vontade de conhecer outro corpo.

Manuela, sozinha, se incomodava com sua ausência. Ausência que se prolongaria com o retorno. A comida estava pela metade, pouco ou nada restava da fome. Pousou o garfo e a faca em linhas diagonais, o refrigerante esquentava e os garçons começavam a rondar a mesa, apontando para o pessoal que, em fila, esperava. Manuela decidiu levantar-se e dar lugar às pessoas. E, ao mesmo tempo, como se tivesse entendido o desejo de que saíssem dali, a outra deixou o banheiro, meio pálida. No canto da boca, ainda restava um pouco de sangue.

Assim que levantaram, os garçons rapidamente tiraram os pratos e aprontaram a mesa para uma família de quatro pessoas: pai, mãe, filhos. Enquanto isso, elas caminhavam em direção ao caixa, de costas para a mesa. Lembrou-se de que tinha deixado o casaco pendurado na cadeira. Voltou. Encarou o homem enquanto pedia licença para pegar o casaco. Olhou para a mesa e tentou encontrar a mancha, mas tinham trocado a toalha.

WASSERKUR OU ALGUNS MOTIVOS PARA NÃO ODIAR DIAS DE CHUVA

SE HÁ MOTIVOS, eu queria começar te dizendo que odeio dias de chuva, mas não vou. Dias chuvosos me deixam tão triste que não tenho nem forças para odiar, na verdade, eu só tenho vontade de escrever. Não, vontade não, urgência. Só que acontece de, como hoje, eu estar ilhada em lugares distantes da minha casa, do meu computador, das minhas coisas de escrever, ou impossibilitada de alcançar meu caderninho e minha inspiração. E me dou conta de que estou com os pés encharcados, numa rodoviária, parada de ônibus, rua alagada, pensando em tudo o que eu poderia estar fazendo que não estar molhada. Ao mesmo tempo, se não acontecesse de chover, eu não teria essa vontade tão urgente. Aí eu fico mais triste, porque ouço no rádio a defesa civil falando sobre alagamentos, resgates, desabamentos, famílias perdendo tudo o que mal tinham em casa, bebês quase se afogando dentro do próprio quarto, idosos que enquanto dormiam foram levados pela correnteza e todas essas calamidades que vêm junto nas enxurradas, anunciadas pela voz muito dramática e bem articulada de um locutor. Hoje, especificamente, estou na rodoviária de Porto Alegre, e tu deve entender a implicação de caos nesse fato. Estou ilhada. A média de atraso é de três horas. As estradas estão alagadas e sofrendo interdições intermitentes. Acabo de ver, numa tela ensebada de televisão, que a rodovia está parcialmente alagada no sentido Porto Alegre-Canoas, o que significa que não vou para casa tão cedo, por isso, no momento, eu não sei se há algo para gostar em dias de chuva, mas não quero dizer que os odeio.

Eu não gosto do barulho da chuva quando estou nela, nem das vozes que oferecem guarda-chuvas a dez ou cinco reais, esses guarda-chuvas não são honestos e se destroem logo na primeira rajada de vento que quebra na esquina. Eu não gosto do lixo que se acumula mais visivelmente nas calçadas e sarjetas, não gosto das pessoas que caminham com o guarda-chuva aberto sob as marquises, sendo que poderiam dar espaço para quem não tem um, não gosto de carros que avançam sem dar preferência para pedestres ensopados e não gosto do cheiro das pessoas também, especialmente aquelas que fumam, o cheiro de cigarro se potencializa na umidade. Eu odeio cheiro de cigarro, mas eu detesto ainda mais cheiro de cigarro molhado. Eu tinha uma colega que chegava de manhã cedinho na faculdade com o cabelo lavado e cheiro de cigarro. Cada vez que ela se mexia na minha direção, se espalhava uma nuvem meio doce, meio azeda, meio suja talvez, com aquele cheiro detestável de cigarro e condicionador de cabelo.

Hoje o dia está especialmente triste porque amanheceu sem promessa de sol. Sabe quando tu olha para fora e tem certeza das limitações do clima, tem certeza de que o céu não vai te presentear com azuis e dourados, tem certeza de que tudo o que vai ver é a cor cinza? Pois então, esse é o dia de hoje. Mas eu sempre tento me enganar com alguma coisa boa, como meias secas, almoços ou um programa tosco de televisão. Tomei dois cafés e dois canos hoje e a culpa foi da chuva. Assim como é culpa da chuva que todos os ônibus que podem me levar para casa estacionem no boxe de embarque número três, sem menção de sair. Acho que fico mais do que três horas por aqui.

Escrevo essas frustrações úmidas nas margens de um jornal.

Nesses dias de chuva, tudo fica meio bagunçado dentro e em derredor, e é difícil para mim, já que sou meio triste naturalmente, digo, não sou uma pessoa alegre, sou engraçada, mas isso é diferente, mesmo quando seca e quente, tenho esse tipo de humor melancólico que dizem combinar mais com dias chuvosos e por isso talvez eu os despreze tanto, por conta das potências. De qualquer maneira, é difícil para mim controlar essa espécie de choro que vem. Na verdade, são só umas lágrimas silenciosas que nem chegam a escorrer até o fim da minha cara, ficam ali paradas, pelas pálpebras, e apenas marejam nas bordas. Algumas descem pelos cantos ou avançam pelas bochechas, mas acabam secando antes de fazer a curva final. Não pingam como choro de verdade. Por fora, é só uma tristeza baça. O grosso do desânimo com a vida fica dentro, e me cava no coração uma força de melancolia, que eu tento cobrir com outras mentiras. Talvez eu não devesse ter dito isso assim tão meramente, tão explicado, mas é assim que acontece. Tudo o que meus olhos enxergam fica borrado como numa lente que tenta amaciar a realidade, mas não cumpre a fantasia, apenas borra. Nesses dias de chuva, tudo fica meio bagunçado dentro e ao redor, como disse. Talvez eu te entregue esse jornal, talvez eu jogue fora, talvez faça um barco e largue sarjeta abaixo até que ele entupa uma boca de lobo.

Tu me disse que, em dias de chuva, não consegue ficar lendo e bebendo café, e eu acrescento nem fumando cigarros ou esperando encontros fortuitos. Nos dias de chuva, eu existo, porque não posso não fazê-lo. Não quero morrer num dia de chuva. Não posso morrer em todos os dias de chuva e voltar apenas nos dias de tempo seco, nos quais os pés estão sempre quentes. Então eu imagino.

Eu imagino que, em dias de chuva, tu pensa no desenho que o parquê faz no chão da sala de aula e de longe ouve a voz monótona do professor, imagino que deseja estar mergulhada, imersa nas poças que se formam caudalosas lá fora, ou talvez num bloco de chuva espessa que cai de uma só gorda nuvem, uma tromba d'água. Eu imagino que o professor fala de Wasserkur, e tu perde o fim da frase, porque te distraiu com a vidraça, mas sabe que a frase era sobre arte e transitoriedade. Pensa. Não existe. Te imagino numa conversa sobre dentes e paredes.

Eu me sinto triste quando longe de ti, mas hoje, mesmo mais perto, continuo me sentindo triste. Eu não sei se é culpa da chuva agora, deve ser ainda. Mas, por um momento, me passa pela cabeça que tu mandou chover no nosso encontro. Eu sou meio desconfiada mesmo. Mais ainda quando sinto sono e dor de cabeça, talvez por isso o pessimismo todo e a desconfiança. É que eu passei a noite em claro pensando se nos veríamos e tive vontade de te encontrar porque gosto de ti como se há muito fizesse parte de mim. E a minha preocupação é criar um amor no espaço dessa distância que hoje, por conta da chuva, não se comprimiu. Agora eu olho para o chão embarrado da rodoviária sem ideia de como farei isso. Eu sei que essas coisas acontecem, talvez já estejam acontecendo. Eu não quero te proteger de nada, mas não quero que nada de ruim aconteça com teus dentes, como paredes em lugares errados. Só que eu sei que, em dias de chuva, com o campo de visão diminuto, a gente pode muito bem dar de cara com algum empecilho, seja buraco, parede ou negativa para convite.

É que essa chuva me atrapalha as urgências. Isso é engraçado, né? Porque, se não fosse a chuva, não haveria nem vontade nem tristeza em potência, e aí está o paradoxo: ao que ela impede, também propicia.

Mais que um lugar seco e silencioso agora, eu queria ter os pés dentro d'água, talvez porque tenha lembrado de longe a voz monocórdia do professor dizendo que isso é um tipo de cura. Pés na água curam ansiedade, gripe e saudade.

Amanhã já é dezembro, depois outro ano e em setembro volta a chover e eu vou ficar sozinha. Então eu tenho vontade de mergulhar para me curar do amor que ainda não tenho e não sentir a saudade que nem existe.

Por isso, eu desisto de ir embora. Vou fazer dessas folhas de jornal um barco e, das outras folhas, um abrigo. Vou comprar cigarros para fumar debaixo de uma marquise, soprando fumaça nos apressados. Vou encharcar as meias para depois ver meus pés brancos e murchos. Vou inventar razões para amar e odiar a chuva e o dia de hoje e, talvez, te odiar também. Até te encontrar naquele café que, em todos os dias chuvosos, tu vai para que ninguém te veja lendo e tomando um pingado, porque saberiam que tu mentiu quando disse que não conseguia fazer essas coisas em dias de chuva. E eu vou te desmascarar.

TIA MARGA

FOI A RISADA DO MARCOS QUE RESSOOU PRIMEIRO, depois a minha, e aquela sensação de estupidez completa, a tomada dos sentidos pelo riso que apenas empurra e empurra cada vez mais o ar para fora do corpo. Eu apoiava uma das mãos no caixão, enquanto a outra tapava minha boca, minha cara, tentando fingir um choro, mas ninguém compraria. Todos estavam vendo que era riso estourado já, até que o Marcos, novamente, naquele repé em que o ar volta barulhento pelo nariz ou garganta, pegou no meu braço e fomos descendo até embaixo do caixão. Minha mãe era o demônio agora. Eu supliquei com os lábios uma tentativa de perdão, mas ela me torrou a alma. O resto da parentada mais os amigos se olharam confusos. Umas doze velhas enfileiradas fizeram o sinal da cruz com as mãos moles em coro surdo tremelicando na fronte, no peito, nos ombros, na fronte, no peito, nos ombros e beijaram os terços no final. A única a ter o semblante inabalável era a tia Marga, que no caixão parecia até uma ótima pessoa. Uma senhorinha fofa, ali no meio das flores, cercada de família e amigos, ela transcendia em paz, e, nas nossas lembranças, já se tornava uma tia querida. A morte tem essa coisa de conceder às pessoas um ar de bondade. O Marcos e eu sabíamos que não. Mas não ríamos por maldade, ríamos justamente por lembrarmo-nos de como a tia era purgante. Purgante era o adjetivo que ela mais amava. Chamava todos de purgante: a filha do Mário é uma guria purgante! É purgante a sobrinha da Tônia. Velho purgante aquele José. Só sabe purgar o marido purgante da Nora. A coisa já tinha virado piada e nós a trabalhávamos em variações.

A tia Marga sempre tinha uma opinião sobre tudo e todos. Geralmente não era algo bom. O Marcos, que era gay, sabia, e a sorte dele era ter ido morar nos Estados Unidos e não precisar dar as caras em festas e eventos familiares com a mesma frequência que eu precisava, por isso ele permanecia meio que imune aos comentários. Ele me falava sempre sobre a importância de saber dizer não, de se desvincular de algumas coisas sem sentir culpa, mas eu não conseguia. Eu não tinha aquele desprendimento, tolerava o convívio. A nossa família venerava encontros: casamentos, batizados, almoços gigantescos e indigestos em que parentes que você jamais tinha visto e, com sorte, jamais veria novamente, apareciam como coelhos se desentocando por todos os lados. A tia amava os eventos mais do que todos, porque, neles, tinha a oportunidade de cutucar um pedacinho escuro de cada um. Agora, não poderia mais fazê-lo.

Demorou um pouco para que alguém viesse nos repreender. Acho que uns dois minutos, dois longos minutos, enquanto ríamos como porcos deitados embaixo das hastes metálicas que desciam em bonitos arabescos nos pedestais. No meio de tudo, me ocorreu que eu nunca tinha visto a parte de baixo de um caixão. Foi meu pai que me levantou pelo braço e esbravejou entre dentes e saliva. Daniela, onde já se viu uma mulher de quarenta anos cair na gaitada no enterro da tia! Eu parei de rir. Não porque meu pai me repreendia, era por causa daquele som ecoando na minha cabeça: quarenta anos. Eu era, entre muitas coisas, uma mulher de quarenta anos.

Para o meu pai, eu era uma filha boa, contudo sem sorte, "uma lástima não ter casado de verdade". Para minha mãe, eu era uma "péssima filha, ovelha negra, além de tudo solteirona que só me envergonha". Para a tia Marga, eu era "a cancerosa sem sorte de útero seco que só deu desgosto pros pais, malcontenta, povereta". A verdade é que eu tinha casado sim, por oito anos, com a Tereza, agora estava há dois anos sozinha. Meu pai achava que não era casamento de verdade, que era uma fase — dos dezoito aos quarenta, baita fase. Minha mãe fingia que não sabia, que não ouvia, que não enxergava nada e sempre, sempre me perguntava quando eu ia casar, tomar rumo na vida, me obrigava a ir a encontros com filhos de amigos do trabalho e, até pouco tempo atrás, dava jantares constrangedores em que convidava os mesmos filhos de amigos do trabalho e, lá pelo meio da conversa, me oferecia como mercadoria encalhada promocional. Os rapazes, é claro, saíam correndo. Eu também não fazia questão de ser agradável e isso, mais tarde, era jogado na minha cara em forma de ataque de nervos. O pior era o dia da novena. Antes de começar, minha mãe e suas amigas da igreja sempre decidiam pelo que iam rezar, porque reza genérica não era atendida, então minha mãe sempre pedia por mim. Virgem Maria, traz um homem bom pra minha filha Daniela, um homem paciente que possa aguentar o gênio dela, um homem calmo e bom e rico. Eu passei a achar engraçado, coitada da Virgem com essa tarefa. O que eu achava bem menos divertido é que minha mãe conversaria com um assassino, mas não conversaria com a Tereza.

A tia tinha adquirido essa compaixão distorcida por mim, porque um dia fomos o Marcos, a Tereza e eu visitá-la. O Marcos é o irmão que eu não tive, primos que crescem juntos e descobrem juntos como a vida funciona. Numa das raras vezes em que o Marcos estava no Brasil, resolvemos ir passar o fim de semana no interior, e minha mãe recomendou que visitássemos a tia. Nós assentimos. Tereza e Marcos foram como noivos e eu fui com um câncer fictício no útero. Como de costume, a tia nos serviu seus biscoitos conhecidos por serem duros como pau, tomamos um café morno e com o gosto dos dias estampado no aroma e então Tereza pediu licença e foi até o banheiro, foi aí que a tia soltou a primeira. Meio escurinha a sua noiva, Marcos. Sim, tia, ela é negra. Imagina! Não diga uma coisa dessas da moça, tão educada! Ela é morena. E o Marcos insistiu no desagrado. Não, tia, ela é negra. Shhhh. E vinha a Tereza, tentando não rir do acontecido, pois tinha nos escutado do corredor. Continuamos conversando, a tia parecia muito animada. Foi a minha vez de sair. Eu saí para fumar um cigarro, mas menti que ia ver os cachorros para evitar a ladainha. Mas quando a Daniela vai casar, é? Tão dizendo que ela é ó — e apontava com as duas mãos para os pés, fazendo um grande espaço entre elas. — Quando ela vai ficar noiva? Tem que falar com ela, Marcos, que tu dá o exemplo. Daqui a pouco, não pode mais ter filho e ninguém vai querer... Aí o Marcos largou a informação. Tia! Pelo amor de Deus, não toque nesse assunto! A Dani teve um câncer no útero! Um câncer? Móóó Misericórdia! Coitada. E ele continuou. Ela já está seca, tia, nenhum homem quer. Sacramento! É cancerosa, então? O Marcos disse que a cara da tia tinha se espichado tanto naquela hora que quase se desmanchara. Eu tinha dado a volta na casa e os escutava da janela. Desperdicei duas ou três tragadas rindo do Marcos. Fumaria mais uns cinquenta cigarros lá, mas não achei justo que ficassem tanto tempo com ela. Quando foi a vez dele sair, a tia ficou muda, parecia querer me dizer alguma coisa, tinha até um tremor no olho, mas não disse nada. É claro que, na mesma semana, ela ligou para a minha mãe perguntando mais detalhes sobre o casamento do Marcos e sobre o meu câncer. Minha mãe logo entendeu o que ocorria, mentiu uma desculpa para encerrar a conversa e me ligou em tom de deserdância. O que foi que vocês fizeram? São uns monstros sem coração! Eu não vou mentir pra tia de vocês! Só que ela acabou mentindo, porque para ela o casamento e o câncer eram melhor do que eu transar com uma mulher negra e o Marcos dar a bunda.

Foram cinco anos de mentira e a tia Marga morreu. Ninguém esperava aquilo, nem ela mesma. O tio Olímpio, irmão dela, foi quem presenciou tudo. Ela tava bem, sabe? Ainda foi tirar umas folhas da calha de manhã. Eu disse que tirava de tarde, chê, mas ela não sabe esperar, né? Não sabia, chê. Não acostumei. Mas Olímpio, ela foi tranquila, tá num lugar melhor, tenho certeza, disse o meu pai. Chê, foi tranquila? A mulher fez um escarcéu antes de morrer. Derrubou prato, derrubou balde, gritou que tava morrendo e a pia tava cheia de carne pra descongelar. Eu disse pra ela se acalmar e sentar um pouco, que devia ter sido o sol e o esforço de ter subido na casa, chê, mas a mulher não me senta na cadeira e dá uns gritos de pavor, fica vesga e bate com as mãos na mesa e depois no peito e cai de cara no prato de queijo? Credo, Olímpio, foi assim? Olha, eu não desejo uma morte daquelas pra ninguém, e que ninguém visse, também, o desespero. E se foi, chê. Puta merda, e as carnes ficaram lá na pia mesmo, quero ver o fedor da casa. Bom, mas não te preocupa com isso, nós vamos pra lá te ajudar depois, meu pai ainda apertava meu braço, porque eu continuava tentando não rir daquilo tudo.

Na casa da tia, mais um grande encontro, umas trinta pessoas circulando entre pêsames e lembranças. O cheiro da carne tinha infestado a casa inteira, mas ninguém parecia se importar ou querer mencionar algo sobre. Era como se a tia ainda estivesse ali, fazendo comentários que deixariam esse mesmo fedor no ar: a minha solteirice, o Marcos que não parava com nenhuma mulher, o Olímpio que não tinha onde cair morto e agora tinha que morar com ela, meu pai que era frouxo demais, a Sandra que não ficava em casa para cuidar dos filhos, por isso o marido tinha encontrado outra, o Igor que era caolho e ninguém fazia nada, por aí iria. Curioso era que ninguém mencionava nenhuma dessas coisas e, dessa forma, parecíamos estranhos. Era certo que todos sabiam de tudo, de alguma maneira, porém o fato de silenciarmos para os problemas e as questões familiares nos fazia parecer um bando de gente desconhecida, unido pela morte de alguém. Um mal-estar se instalou na casa, uma náusea. Talvez fosse o cheiro da carne podre, talvez fosse a força motriz da mudança e o que ela causa. Olhei meus tios, tias e primos e seus rostos desapareciam gradualmente dentro de canecas de chá, atrás da fumaça de um café quente ou de um cigarro. Apagados todos. Andei até a janela, perto de onde minha tia-avó, Otília, estava sentada. Acariciei de leve o seu braço. Estava muito abatida, pois a tia Marga e ela eram muito próximas. Me agachei ao lado da poltrona, era uma daquelas poltronas quadradas com o couro já amarelado, apoiei os dois cotovelos no braço duro do estofado e a tia Otília me olhou com a cara mais jururu do mundo. Reparei que ao redor todos sofriam pela tia. Fiquei envergonhada pelo ataque de riso horas antes. Alguma coisa precisava ser feita. Era para o bem da família, para que os encontros se revigorassem, para que outras lembranças pudessem ser construídas. Era a primeira vez que eu sentia minha família se desmembrando e aquele não pertencimento me doía. Me inclinei para dar um beijo na tia Otília, grudei meus lábios com força na bochecha ossuda da velhinha e, na volta do movimento, me inclinei até seu ouvido e disse tu sabia que o Marcos é bicha? Os olhos da tia se encheram de vida. Me afastei da poltrona com a clemência estampada em mim, saí para fumar. Logo a tia se levantou para pegar um chá, puxou minha mãe e umas primas para o canto do corredor. Em dez minutos, tudo voltara a ser como antes. Os rostos das pessoas reconhecíveis, os assuntos calorosos nas rodas, narizes torcidos, olhares de piedade e risos disfarçados. Tudo bem. Tudo como devia ser.

INVENTÁRIO DA DESPEDIDA:
UM CONTO EM QUATRO DISTÂNCIAS

PRIMEIRA DISTÂNCIA

Eu te conheço desde que o mundo era o som da distância que nos separava, mas nunca nos impedia encontros. Eu te conheço desde sempre, desde o medo primeiro de conhecer. Eu te conheço antes da vontade. Eu te conheço no desconhecimento dos estranhos. E desde então, principia, todas as horas, a vontade de tocar nas coisas que são íntimas, incorpóreas, meio efêmeras — porque acabam, mas não findam. Eu te conheço por dentro da vontade. Eu te conheço tão bem quanto o tempo que me escapa num movimento incompleto. Eu te conheço desde a quentura do peito, a frieza do ventre, o estorvo no plexo, o tropeço na garganta, o nó nos pés. Eu te conheço da beira da aspereza de um diálogo e da queda das madrugadas sobre lençóis. Eu te conheço de te sentir inteira e assustada. Eu te conheço de choro e gozo. E de choro de novo. E de língua e fala e gemido. Eu te conheço de vista embaçada e desde que o mundo era o som dos teus cílios. E eu te conheço desde que o mundo era o desejo de ir embora. E eu te conheço desde que o mundo era de saudade tátil, tempestuosa, mas esquecível. Eu te conheço desde que o mundo. E eu te conheço desde que mundo. E eu te conheço querendo. E eu te conheço. E eu te.

SEGUNDA DISTÂNCIA

Inventariar. Listar os pormenores. Quantificar o amor em horas. Prestar conta dos acontecidos. Descrever os bens — que tu me trouxe. Ritualizar o afastamento imperativo, desde o início sabido, desde o início pronunciado como um fim. Um fim. Um. Descrever, porque o amor é um título errado, palavra intrusa que, às três da manhã, ocupa todas as frases.

Inventário:

Dxxx xxxxx xx xxxxx xxxxxs

Cxxxxxxx xxxxxxxx xxxxxx x xxxxxa

Cxxxxxxx xx xxxxxx xxxxa

L'xxxxxxxx xxxé

Cxxxxo

Exxxxx xx xxxxx xxxxe

Dxxx xxxxx xx xxxxxxxxxxx, xx xxxxxxx xx xxxxxx x x xx xxxxxxx xx xxxxxx 2

Gxxxxx xx xxxxxo

TERCEIRA DISTÂNCIA

Dois copos d'água vazios sobre a mesa de cabeceira bastam para criar a desordem do corpo. Outro dia estavam cheios. E serviram para umedecer afetos. Hoje já estão lavados, esvaziados, transparentes, dissimulados. Mas continuam cheios naquele lugar-tempo-movimento — que sempre me escapa e sempre te escapa. Eles guardam sensações minerais e imagens captadas no limiar entre o sonho e a vontade. Nos lençóis da cama, sobrou o tempo que março rouba de fevereiro e o sono que a manhã devolve aos olhos, e o silêncio que a manhã devolve aos cílios, e o peso que a manhã devolve ao corpo. Tempo: movimento sugerido entre pernas e pés inquietos; fio de saliva entre a boca e a imagem do espelho; vogais em palavras estrangeiras ao meu coração. Veste meu corpo a única sensação de toque que ainda tem um pouco da tua presença física. E penso se ainda me pertence, se tem algum sentido estando limpa com as vivências deslembradas. Alguns lugares existem para que possamos revisitar memórias em templos e para que possamos dizer que há mesmo templos para guardar memórias.

QUARTA DISTÂNCIA
Se se retira tudo o que há. Sobra só o eco.
    Ouve do precipício.
    Ouve tudo o que foi dito às pressas.
    Ouve tudo o que não teve como ser dito.
    Pausa.
    Longa pausa.
    Pausa dramática para pessoas dramáticas.

    Eu te invento.
    Sem açúcar.

    Me despeço.
    Sem açúcar.

    E juro que é tudo substância-verdade.

PEQUENAS E ÁCIDAS

MOLOTOV

QUE PENA. É uma pena mesmo que esse encontro tenha acontecido assim tarde, assim tão tarde da noite. Já com os copos vazios e as cabeças cheias, que pena. Vaivém de bilhetes inconsequentes, ou melhor, com consequências trágicas, não fossem patéticas. Essas ninfas, essas musas, essas mentes — torço meus dedos e suspiro pensando no coquetel molotov que veio a propósito de beijo de boa noite. Quando me dei conta, a garrafa já tinha explodido e o quarto pegava fogo — labaredas entre nós —, senti os cacos de vidro me cortarem a cara. Abri a boca para respirar, os cacos na minha boca, mastigo. Vidro quente. Lábios, dentes e língua machucados. Fico com a boca cheia de sangue, engulo tudo. Pedaço de dentes, língua, lábio, vidro, gasolina e fogo e tento te alcançar com as pontas dos meus dedos. Tu está queimando. Tua pele arde e teus cabelos tomam um negror de carvão antes de ser brasa. Tu está imóvel, impassível, impenetrável. Vejo um homem surdo que sorri e me estende a mão e, por ser surdo, não se afeta nem com o barulho do fogo, nem com o que em mim se faz mais estridente. O homem me abraça, eu me desvencilho, corro na tua direção, enlaço teu corpo que, abrasivo, me faz bolhas. Meu corpo dói inteiro. Sou carne, estou viva.

BOCEJO

AMANHÃ EU QUERO TE ENCONTRAR E, ao contrário do que se possa pensar, não será tarde. Será, na verdade, perfeito. Amanhã tudo estará mais calmo e eu vou ter almoçado direito. Tu terás dormido até tarde e estarás com aquela cara de sono, de sono bem dormido e sonhado. Nós estaremos bem. Tu vais estar com aquele tênis sujo e eu vou vestir uma calça jeans velha e uma camiseta meio rasgada que eu adoro e tu vais mexer comigo, dizendo com um olhar malandro que eu devia me vestir melhor agora que estou com trinta. Eu vou apertar meus lábios e te olhar de canto de olho até tu começares a rir e dizer que eu deveria te dar a camiseta. Um bocejo preguiçoso vai quebrar todas as ironias e qualquer pensamento não espontâneo. O teu vinho será branco e eu tomarei um suco de melão. Tenho certeza de que haverá uma risada, porque suco de melão não é tão comum e também não tem muito gosto. Eu vou te dizer que desde aquela vez que eu fiquei doente passei um mês comendo melão e fiquei viciada. Tu dirás que eu devia estar intoxicada de melão. Eu vou pensar que pode ser verdade e sentirei uma dor no lado esquerdo, logo abaixo das costelas, depois eu vou esquecer. Tu te preocuparás um pouco e depois me dirás que tudo bem, porque vais cuidar de mim. Eu vou suspirar e tu vais tomar um bom e grande gole de vinho e logo vais lamber os lábios e o resto das gotas que ali ficaram penduradas, mas, antes que elas terminem, eu terei coberto teus lábios com os meus e de olhos fechados nós pensaremos que a vida é boa. Porque amanhã ainda será verão.

SALIVA

ÀS VEZES ME DÁ UMA VONTADE DE NÃO ESCREVER. Vontade de não me dar às palavras ou ao significado torto de calcar ou calcanhares. E eu fico ressentida de papel e lápis, e de teclado também, às vezes. E nem açúcar para remediar desgosto adianta... nem pauta, nem assunto, nem nota de falecimento. É de ficar com lábio miúdo como quem vai assoviar, projetado esperando sílaba ou sibilo. E eu penso: vai!, nem que saia pela boca mesmo, já que nos dedos a coisa congelou e já que a cabeça só dança e dança e não se endireita para alinhar as faltas e preencher as falhas. O pior é que fica tudo meio que na pele, meio que nos pelos, meio que numa acidez nervosa, dos lados, lá no fundo da boca. Mas é só vento, desejo e saliva.

PUNHOS

CHEIO DE PEQUENOS POEMAS, meus punhos se fecharam. Não consegui comportar as metáforas que se espremiam, tentando sobreviver. Escapavam-me em grânulos, poemas granulados. Fechei os punhos o mais apertado que pude e ainda assim escorriam. Pesavam meus braços, meus ombros, minhas costas e todo o sangue acumulado nas minhas veias antes finas.

Eu quis pegar no pescoço branco e fino que ela tinha e esmagá-lo com todos os verbos que ela não disse. Fazê-la se afogar e, talvez, trazer para fora tudo o que eu queria ouvir e que ela sequer pensou dizer. Todas as coisas que na verdade eram minhas e só.

Foi a minha mão que se ergueu e me socou. Tantas vezes até o meu nariz verter sangue. Até que a minha cara se desfigurasse e, quando eu não pude mais me reconhecer eu ainda continuei batendo para ver se sentia alguma coisa, qualquer coisa que fosse toque, que fosse afago forte e passional. Mesmo que dor, mesmo qualquer coisa que fizesse sentir — como ouvi — viva. Mas eu não sentia. Parecia não haver nenhum espaço para ser preenchido dentro de mim, porque eu estava cheia. Cheia de palavras, mas todas elas eram o teu nome.

Meu corpo cansado, abarrotado do teu nome vazio e uma vontade absurda de rir para expulsar o ar entre um vazio e outro e para que, dessa maneira, não sobrasse nada mesmo, nem membrana, nem plasma, nem ar.

VALSA

ÀS VEZES TU É UMA PESSOA ESTRANHA, ela me disse enquanto todas as cabeças se voltavam para coisas alheias. A minha acompanhou o fogo que dançava no meu ventre esmorecer. Eu quis dizer que, às vezes, eu era mesmo uma pessoa estranha, mas mais a mim do que a ela. Quis dizer que não me reconhecia toda vez que minha intensidade corria apenas dentro do meu coração, provocando aquelas arritmias. Uma, duas, falha, uma duas, falha. Minha boca se abriu para dar conta da resposta, mas ela não veio. Ficou lá dentro — onde quer que as respostas se construam —, ficou sem contorno e sem preenchimento. Apenas ar que se arrepiava entre minha pélvis e meu pescoço. No início, era mais doce, perto do plexo, a coisa se alastrava pelo couro e endurecia, apertando minhas veias contra músculos e ossos para no fim não sair de mim. E voltar em uma, duas, falha, uma duas falha cardioeletrofisiológica.

SONO

ACHO QUE SÓ ATRAVESSO A NOITE porque vejo o café do outro lado, na outra ponta mais clara das horas. É sempre da mesma forma que acontece, eu deito, digo semideito, fico com as costas escoradas na parede, por vezes ligo a televisão, por outras apenas deito, depois vou ficando sonolenta e amolecida e, então, me apoio de lado, encarando a janela e logo depois de bruços com a cabeça para o lado oposto e adormeço. Meu sono deve durar quase uma hora. Sendo que acordo cedo todos os dias religiosamente, tento dormir cedo também. Portanto, quando são dez, já estou deitada. E, então, o processo já descrito. Durante o sono, mas isso não é sempre, sou acometida por sonhos dos mais estranhos, em que crianças são cachorros, ou vice-versa, que estão enfeitiçadas por bestas que ficam violentas quando veem algo francês, erótico ou verde. Esses sonhos ocorrem em velhas casas, às vezes as reconheço, outras não. Meus amigos sempre estão em apuros e eu acabo me sentindo angustiada. Por fim, toda sorte de imagem se mistura como bolas incandescentes, tiaras e máquinas de demolição, e eu tenho a sensação de enlouquecer, aí acordo. Acordo no escuro da uma da madrugada. É nessa hora que eu penso na manhã e no café que vou beber quando a luz do sol começar a fazer algum efeito sobre a noite. Assim, o café não tem um valor apenas alimentício para mim, ele se constrói na fantasia de um amanhecer, uma nova luz em oposição à noite, ao sofrimento e à escuridão.

Contudo, devo explicar algo agora, a insônia e os terrores noturnos não me acontecem sempre, como disse antes, fosse assim, minha vida seria um inferno. Geralmente durmo bem, a temível agonia de não dormir me vem quando estou sozinha. Apenas meus demônios e eu.

Essa noite foi difícil. Fiquei horas semideitada, assistindo tevê, até que decidi que precisava dormir mesmo. Levantei hesitante, pois já havia pensado em fazer isso muitas vezes, então, o fiz. Pinguei umas gotas do remédio para dormir num copo com um pouco d'água. Comprei o frasco há três anos e ele ainda está pela metade. Não gosto muito de usar remédios. Não uso drogas ilícitas. Às vezes, bebo. Fumo. Bebo café. No momento em que estava começando a sentir a moleza típica dos opiáceos, pensei que havia tempo que não o usava. Fui meio cambaleante até o banheiro e confirmei, o remédio estava vencido. Pronto, foi o que bastou para que eu me desesperasse. Mas a letargia era maior. Não consegui revidar a mente. Ela apenas riu. Fez troça. Cantou uma inconsciência vindoura como se cantasse a morte. E eu tentando, tentando com força me manter acordada, mas, quando vi, já nadava entre demônios.

ESTRANHO

ES.TRA.NHO adj. s.m. 1 que é esquisito, extraordinário 2 que é de fora, estrangeiro 3 desconhecido, novo 4 que foge aos padrões sociais 5 que não faz parte de algo 6 misterioso, enigmático 7 que foge ao convívio f. estranha

1. Era feia. Não se podia dizer que tinha uma beleza exótica ou selvagem, não. Era feia mesmo. Extraordinariamente feia. Daquelas que, quando se olha, tem que se olhar mesmo, sem perceber a gafe do escrutínio. Daquelas que as crianças arregalam os olhos e deixam o queixo cair e depois perguntam para a mãe se era bruxa.

2. Chegou confiante, olhou o atendente nos olhos e disse *messiê, sivuplê, ú é la garr du norr?* O homem sorriu e respondeu, *jusst arraund ze corrnêrr.* O sorriso dela desabou junto com o francês.

3. Era bizarro que agora todos usavam aqueles tênis horríveis que pareciam sapatos, mas não eram nem uma coisa nem outra. Sentiu-se feliz por estar descalça. Mas todos acharam curioso.

4. Adolescente rebelde sem causa de calça rasgada, demorou a entender que precisava mesmo era tomar um banho para tirar aquela nhaca do corpo. A roupa até podia continuar a mesma.

5. Tentou se enturmar. Em casa, sozinha, sentia-se mais pertencente.

6. Escreveu a carta e, antes de postar, pôs fogo.

7. Não conseguia cruzar a linha. Desistiu daquele ponto.

MEMÓRIA

EU NÃO ME LEMBRO MAIS de como era a voz dela, nem de como ela me chamava cedo pela manhã. Eu não me lembro mais de como as mãos dela escorregavam pelas minhas costas e também não lembro onde iam parar. Eu já não me lembro do cheiro dela. Eu não me lembro de como minhas mãos afundavam nos seus cabelos e nem da cara de assustada que ela fazia quando eu falava da gente. Eu não me lembro das coisas velhas, nem das coisas que ainda seriam recentes. Eu não lembro se tinha pés feios ou pequenos. Eu não lembro se tinha a boca grande. Eu não lembro se falava manso. Eu não lembro se gostava de bergamotas e nem se assistia televisão antes de dormir. Eu não lembro se falava outra língua. Eu não lembro se gostava de cachorros ou se já tivera um gato. Eu não me lembro mais de como era o cabelo dela quando molhado. Eu não me lembro mais de como escrevia. Eu não me lembro mais dos livros que ela queria ler, nem daqueles que já tinha lido. Eu não sei se caminhava normalmente ou se pendia levemente para um lado. Eu não lembro mais se lavava a louça direito. Eu não sei se gostava de pop art. Eu não sei se ela viajou para a Europa, nem se foi ao Japão. Eu não lembro se gostava de trens. Eu não sei se tocava violão ou piano, ou nenhum dos dois. Eu não lembro mais se tinha a pele lisa. Eu não sei se brincava de bonecos ou andava de pernas de pau. Eu não sei se comia areia e também não lembro se algum dia ela reclamou da comida. Eu não lembro se gostava de branco ou preto ou laranja, nem se já tinha visto *Laranja mecânica*. Eu não sei se tinha as mãos quentes e as unhas bem feitas. Eu não sei se patinava ou andava a cavalo. Eu não sei se tinha pai ou mãe ou irmão mais velho. Eu não lembro se tinha parentes. Eu não lembro se tomava limonada suíça às sextas-feiras ou se começava o fim de semana com mimosas de goiaba. Eu não lembro se teve um caso, uma casa, se comprou uma bicicleta ou se pediu a minha mão em casamento. Eu não lembro se reclamava por ter que separar o lixo ou se era ativista e militava contra o uso de garrafas pet, talvez fizesse compostagem no nosso apartamento, mas eu não lembro. Não lembro se decorou a casa com quadros ou se não ligava para o marrom descascado das persianas. Eu não lembro se tinha a voz fina e gostava de Carmen Miranda. Não lembro se passava batom, se comprava maquiagem de revistinha ou na farmácia. Não lembro se detestava calendários ou gostava de entregar as coisas fora do prazo. Não me lembro dos ombros, nem dos pelos, nem do formato dos seios, não me lembro do hálito, nem se babava no travesseiro. Não lembro se usava chinelos. Não lembro que foi embora. Não lembro se esqueceu a chave. Não lembro se levou os livros. Não lembro se lavou a louça, se quebrou os pratos, se sujou a blusa, se algum dia deu com a cara numa porta. Não lembro o tamanho, nem a altura, nem o peso ou se quando me abraçava eu me sentia protegida. Não me lembro de nada, nem da textura dos lábios, se ficavam machucados no inverno ou queimados no verão. De tudo, sobrou só uma foto. Mas eu não lembro onde guardei.

FRACASSO

ELA FUMA, ela fuma um cigarro e pensa, enquanto papéis e louças se acumulam na mesa. Ela bate a cinza numa xícara. Resto de chá de camomila, saliva de dias e agora as cinzas se misturam no fundo amarelo. Ela pensa. A janela aberta acolhe um sopro que faz as migalhas do prato dançarem um pouco e se espalham e se grudam nas folhas dos livros, páginas lisas não mais. Nada precisa ser escondido. Não há segredos, nem desejos, por isso não há palavras capazes. As intenções se esvaziam na própria tentativa. Nula. Nada pode ser pior do que um não original, ela pensa, enquanto fabrica mais um fracasso.

Ausente.

Se dá conta: o fato do não, da negação original, aquela que desautoriza o ato, aquela que o impede ainda no plano ideal, uma faca e seu atrito, atassalhando bordados, vontades pálidas. Ela é mais um começo evadido, sítio de construção não aterrado, onde alicerces não se dão aos propósitos, ela sabe, são fantasias, pilares de fumaça sobre os quais ela tenta equilibrar umas metas, suas lentes. Astúcia de mágico que perdeu o dom.

Cansaço.

Perde o controle das pálpebras, perde o controle dos passos, o senso de direção, mas continua, não pode evitar, é o peso do corpo que a impele, como zumbi, autômato o dorso apenas, sem saber-se, vai. Colide com o plano horizontal, uma linha vermelha borda a junção daquilo que no fim é azul.

Olha pela janela, o sopro, a xícara, o pátio, as migalhas, os livros, o chão, o chão. Planta as duas palmas receosas, doloridas, sabe que se sustenta, cria uma tangente, eleva-se. Os pelos doem. Pode tentar, ela sabe. Pode tentar sempre.

TEMPLO

CHUTEI UMA PEDRA na Rue du Temple. Ela perguntou por que eu tinha a mania de chutar coisas. Não respondi, apenas continuei olhando para frente, como quem deseja seguir. Chutei um templo inteiro. Demoliu-se tudo em frente e ao redor. Ruídos do que conhecemos um dia e desejamos ser. Agora nada é sólido, nem as calçadas, nem o desgaste dos prédios. Nem o tempo, muito menos esse tempo. Construir é uma palavra feia, truncada, feita para ser derrubada. Ela ainda me olhava, esperando alguma resposta lógica para uma mania feia: chutar. Nós duas paradas na esquina sabendo que Paris já não nos quer mais, Paris nem sabe quem somos.

PROFANAÇÃO

VEM ME COBRIR COM OS TEUS CABELOS e deixar o teu perfume cítrico por horas em mim, vem me acordar com teu mau humor de brinquedo e passar as unhas, os pelos, a boca no meu corpo todo, anda pela minha casa desastrada e quebra um vaso velho sem flores que é para eu lembrar que será primavera em breve, porque a vida é cíclica e não há como escapar, deixa uma boca de fogão aberta até ficarmos intoxicadas com o gás que escapa. Acende a luz. Explode-me em mil pedaços, corre pelo corredor trombando nas maçanetas, fala com os vizinhos, entope as fechaduras com bilhetes e chiclete mascado, diz para o síndico que eu morri e vem na minha janela fazer serenata com a música mais brega que tu conhece, porque não é tarde, é cedo demais para continuar dormindo, traz o sol alaranjado e todos os cheiros da manhã para dentro do quarto, inunda o meu lençol azul de sonhos e de pesadelos, congela tua mão sobre o meu peito no inverno e põe para tocar o David Bowie de ontem. Dança. Em cima da mesa, que eu não tenho compromisso para o almoço, equilibra os pratos, engole minhas facas, entorta minhas colheres, porque tu tem vocação para mágica, mas não some, pode me serrar ao meio, pode bagunçar meu corpo, ligar o ventilador e me soprar aos pedacinhos, só não começa pelo pescoço porque é tão, tão clichê, sopra os meus pés, entre os dedos, meus calcanhares, vai que eu ganhe asas. Vai embora para me ligar de madrugada cantando la canción más hermosa del mundo e começa a rir no meio da segunda estrofe, porque eu gosto de te ouvir dando gargalhadas, eu gosto quando teus olhos ficam molhados de tanto rir, então volta para cá rindo, volta rindo, trôpega, bêbada. Não. Pode parar. Porque eu já não sei mais quem sou eu e quem é tu depois que tu apareceu, mas eu esqueço, eu relevo, eu paro de pensar porque tu é tão mais do que tudo o que já tive. Corta o meu cabelo, depila todos os meus pelos, lava a minha pele e eu te prometo tomar só água por uma semana, tu acha que tem problema? Porque eu só quero fazer as coisas certas dessa vez e não dar margem para o destino me surrupiar a felicidade. Eu vou caminhar de olhos fechados até a esquina contando regressivamente até o número do teu telefone, até o número do dia em que nos encontramos pela primeira vez, porque eu quero te conhecer ainda e todos os dias. Eu quero saber o teu gosto só pra te contestar, porque eu vou achar graça da tua cara de deboche quando alguém não conseguir entender o óbvio. E eu só quero que nós nos entendamos, mesmo que não seja assim tão simples, porque tu é tão livre, tão dona de si, e eu sou tão dura e cheia de regras, mas eu somei e dividi nossos amores pra saber quanto podemos amar por dia, assim não precisaremos nos preocupar com algum infortúnio vindouro e podemos planejar viagens, porque eu quero viajar contigo, entra na minha valise ou pega na minha mão e vamos atravessar a rua, o rio, o mundo, corre comigo no globo e vamos pulando os continentes, deixa o teu cabelo crescer de novo, eu gosto dele esvoaçante e depois corta para me desagradar. Quanto a mim, eu tentarei sempre ser a mesma porque assim tu sempre vai me amar. Ah, agora tu gosta de surpresas? Então eu mudo. Mas me explica como, porque é difícil, depois de tanto planejamento e conta, sair do trilho da certeza e arriscar uma dança não coreografada. Eu não sei pintar. Eu só sei escrever sempre o mesmo texto que te entreguei nos mil oitocentos e vinte e cinco dias que ficamos juntas. É tempo demais? Não me diz que isso está errado, que a minha conta não serve para nada, porque eu vivo de explicações, e se não me convenço todos os dias que te amo pelo que tu é, corro o risco de parar de sentir. É esse o risco que tu quer? Eu não sabia. Desculpa. As coisas se profanam.

CONTOS EXTRAS

NO FUTURO EU FUI NA PRAIA DO SONHO E O MAR ERA UM MISTÉRIO ANTIGO

MINHA NAMORADA COMPROU UMA MOTO. Era o ano 2000 e a gente foi pra Praia do Sonho, em Santa Catarina, de moto. Mas a gente só *foi* de moto. Porque a CG arriou na chegada e a gente teve que pegar um ônibus na volta, quer dizer, eu tive que pegar um ônibus. E não achei ruim. A ida foi tensa. Não por causa da viagem em si, mas porque menti pro pai e pra mãe e, além da mochila, a mentira pesava nos meus ombros.

Fomos passar o réveillon na casa do pai, a pedido dele. No ano anterior, nos mudamos pra casa da vó, porque meu pai e minha mãe tinham se separado. Ele ficou em Novo Hamburgo e a gente foi pra Caxias do Sul. Eu achei bom na época, porque eu poderia morar e fazer faculdade na mesma cidade. Mal sabia eu que não conseguiria pagar, mal sabia eu que a vó ia morrer alguns anos depois, mal sabia eu que ia ter uma namorada na mesma cidade de onde eu tinha ido embora pra nunca mais voltar. Mas foi tudo bem assim. A vó tinha telefone e eu esperava dar meia-noite e ligava pras minhas amigas e elas me contavam quem estava com quem e que alguém era lésbica, daí eu disse que eu também achava que era e elas me disseram que já desconfiavam do meu jeito. Que jeito era, eu perguntei. Um jeito, disseram. Eu não sei dizer nada sobre isso. Sei que arrumaram uma festa e eu fui. Quer dizer, voltei. Voltei pra minha recém-velha cidade. Menti pra mãe que ia dormir na casa de uma amiga nova, mas peguei um ônibus e fui até Sapiranga, onde conheci a Natalia, que virou minha namorada e era a dona da CG que arriou. O pai chamou a mãe pra ir passar o réveillon com ele. E a gente foi. Ele tinha comprado uma piscina de plástico pra Sofia, mas todo mundo se beneficiou, porque aquele fim de ano foi extremamente quente. Na noite de réveillon, pelas sete horas, quando já era mais barato ligar, eu peguei meu cartão e fui até o orelhão na rua da igreja e liguei pra Natalia avisando que estava na cidade. Aí ela me contou que tinha comprado uma moto e que estava pensando em ir pra Praia do Sonho no fim de semana seguinte. De moto. E me convidou. A Natalia era essa pessoa aventureira, por isso eu sempre soube que nossa relação não duraria muito. Eu não tenho esse gene. Eu realmente tenho um coração acanhado. Quando voltei pra casa, depois da ligação, o pai, a mãe e a Sofia estavam na piscininha se divertindo. Eu entrei e acabamos passando a meia-noite na piscina plástica, comendo frutas e tomando cidra.

— Teodora, todo ano eu penso numa palavra que vai me guiar pelo ano, quer tentar?

— Pode ser.

Minha mãe explicou como funcionava, disse que precisávamos nos concentrar bem nos nossos desejos de ano-novo que a palavra viria sozinha. Meu pai foi o primeiro a falar.

— Grana.

Sofia perguntou se era grama.

— Não, filha, grana. Dinheiro.

— Uma boa palavra, Lúcio, vamos ver se ela te acompanha pelo ano.

— Vai sim, tenho certeza dessa vez.

O pai e a mãe eram bons amigos, mas como parceiros de vida não combinavam, tinham aspirações muito diferentes. A mãe olhou todos os cantinhos da casa onde o pai estava morando. Era uma casinha de madeira, verde e marrom, na rua de trás da igreja. O chão da cozinha era mais baixo e de cimento batido, a parte da sala e dos quartos era de madeira e eu tinha certeza de que no nosso quarto a parede era furada de bala, porque ouvi o pai dizendo que a vizinhança era "barra pesada", mas que morador cuidava de morador. E, de verdade, todos que passavam ali na frente cumprimentavam meu pai, muito simpáticos. Nada parecia estranho ou perigoso. Mas a mãe não gostava.

— Família.

— Eu adorei essa palavra, Catarina, adorei. Acho que é uma ótima palavra.

Eles se olharam e ali eu vi que queriam mesmo tentar algo.

— Girafa.

Eu ri da palavra da Sofia e vi seus olhos se encherem d'água.

— Que que tem?

— Não tem nada de mais, Sofia, a Teodora é que é boba e nem pensou numa palavra ainda.

— Por que girafa, Sofia?

— Porque é bonito e ela é grande e vai até onde as pessoas não alcançam e pode ver muito mais porque é alta.

— Verdade. Eu fui boba. Tua palavra é perfeita.

— E qual é a tua, Teodora?

— Não sei, não veio nada ainda, tô pensando.

— Só não fica pensando muito, filha, é pra deixar a palavra vir.

— É, Teodora, não fica viajando na maionese. Essa guria, às vezes eu olho pra ela e ela tá parada olhando pro nada e fica ali por um tempão.

— Eu penso, pai. Eu gosto de ficar dentro da minha cabeça. É melhor do que fora às vezes.

— Viajando na maionese.

Sofia repetiu.

— Taí, minha palavra é viagem.

— Ótima palavra, filha.

— É. E a Natalia me convidou pra ir pra praia com ela e umas amigas. Ou seja, já está funcionando.

Quando eu falava da Natalia, eles já tinham uma ideia, mas nada era dito diretamente. Eu não acho que teria algum problema, mas só fui contar em outra ocasião, quando o nome em questão já era outro.

— A Natalia é a sua amiga policial?

— Ela não é policial, ela é guarda municipal. É diferente. Nem arma ela tem.

— Graças a deus.

— Qual praia?

— Praia do Sonho.

— Ai, dizem que Santa Catarina é lindo! Que lá tem praia de verdade, não é essas aqui do sul, que parece filme de terror.

— A gente também pode ir num fim de semana pra Santa Catarina. Eu peço o carro do Clésio emprestado, ele me deve uma. Olha aí, hein, Teo, tudo funcionando.
— Eu ia gostar.

Não falei nada sobre ir de moto, e combinei com a Natalia que ela não precisava me buscar, que eu ia até a casa dela. E, quando chegou o dia, eu fui.

— Tu não tem uma mochila, Teo?
— Não.
— Essa bolsa vai ser ruim de levar.

Eu só tinha uma bolsa a tiracolo, essas com alça lateral, porque a minha mãe vendia creme de revistinha e tinha ganhado. A Natalia levou a bolsa na frente e eu fui com a mochila dela nas costas. A primeira parte da viagem foi tranquila, era bom sentir o vento no corpo, o atrito do movimento, a velocidade. Isso é possível? Sentir a velocidade? Acho que é o atrito mesmo, a força. E sentir o corpo da Natalia, teso, mas sabendo o que fazer. Paramos quatro vezes no caminho. Na segunda, já estávamos de mau humor e com as pernas formigando. Na terceira parada, comemos pastel e tomamos um café, o que melhorou bastante o nosso humor. A paisagem também era muito bonita, verde, com as serras ao fundo. A última parte foi tensa, fiquei pensando que se morrêssemos num acidente horrível por causa da absurda quantidade de caminhões que a BR tinha naquele horário minha mãe e meu pai ficariam muito chateados, porque eu menti e morri. A viagem seria transcendental. Aquilo me fez rir. Natalia gritou perguntando o que era. Respondi que nada. Ela disse que eu estava tremendo. Tô rindo, eu falei. Ela parou na beira da estrada pra me perguntar se eu queria ir por dentro das praias e parar pra comer de novo em algum lugar. Eu disse que achava uma ótima ideia e que precisava fazer xixi também. Agora?, ela perguntou. Sim, já. Me acocorei no matinho e, embora estivesse complemente dormente entre as pernas, senti o xixi escorrer pelas coxas.

— O sexo vai ser uma droga hoje, melhor pular.

— Eu acho que não tenho nem braços, nem pernas pra nada.

Nos beijamos, recolocamos os capacetes e seguimos. De algum modo, de tanto tentar ficar acomodada, a fricção do asfalto, a força, o atrito, a Natalia na minha frente, a morte, a mentira, acabei gozando meio sem entender, meio na dormência da viagem, na inércia.

Quando chegamos lá, não sentia minhas pernas. Mas a praia era de fato dos sonhos. Acho que foi daquela sensação de torpor e fascinação que nasceu a minha dúvida sobre estar dormindo ou estar acordada. Ali eu também descobri que odiava acampar.

Os amigos e as amigas da Natalia já estavam lá com as barracas. Depois que montamos tudo, eu caí no colchão de ar e só me levantei no dia seguinte. Tentei acordar a Natalia, mas ela estava podre de dirigir e de beber. Um amigo dela me disse pra ir até a Ponta do Papagaio, que era lindo de manhã por lá. Eu achei que Ponta do Papagaio era um nome que valia menos do que Praia do Sonho, caminhei um pouco e fiquei ali olhando aquela água toda e pensando naquele cenário. Nadar até o outro lado seria uma travessia possível, mas não naquele momento. Eu sentia como se a moto ainda estivesse trepidando no meio das minhas pernas, e achei que um banho de mar pudesse ajudar. Soltei meu corpo no contrapeso da água e ali fiquei, escutando a minha própria respiração e sentindo cada músculo do meu corpo afrouxar. Deixei que o sol entrasse nos meus olhos pra me cegar por um momento. Mancha de luz. Gosto de sal. O gosto do tempo. O gosto de todas as coisas que se desfaziam no planeta e ia parar ali naquele volume imenso de água revolta que desde sempre me assustava. Não era fácil pra mim ficar relaxada ali, ainda que o mar estivesse calmo. Calmo? Quem diz? Eu sempre imaginava que algo de fantástico pudesse acontecer, como eu ser engolida por uma baleia que me cuspiria na cidade certa, a cidade onde eu deveria estar, pra avisar as pessoas de algum castigo. Mas essas coisas não existem. Baleias que engolem pessoas, digo, e que levam elas por aí.

— Teo!

Imagina que coisa mais louca, entrar numa cápsula esquisita em forma de baleia, de ovo, sei lá, e viajar por aí, parar na cidade certa. No endereço certo da vida.

— Teodora!

Se eu respiro bem fundo, meus pés submergem mais, mas meu peito sobe. Por que um corpo fica mais leve na água? Durante muito tempo as pessoas se preocuparam com isso. Com a densidade das bruxas, por exemplo, que deveriam afundar.

— Teo!

Arquimedes se deu conta disso e explicou. Eu duvido que ninguém nunca tivesse pensado nessas coisas tão bobas. Densidade igual a massa sobre volume. Eureka. O que finalmente quer dizer que sou menos densa que este mar, menos densa que esta parcela de água. A força vertical é proporcional ao volume de líquido que o mar desloca. É óbvio que sou menos densa. Ainda assim, as pessoas morrem afogadas. E morrem tensas, pesadas de coisas, de mochilas alheias. Morrem sem qualquer gozo invisível.

— Teo!

O empuxo é o peso do volume do líquido deslocado. E a gravidade. Corpo flutuando, peso igual ao empuxo. Sou menos densa. Engraçado que eu nunca fui muito boa em física e matemática. Se eu solto o ar, fração imersa; se eu esvaziar os meus pulmões agora, eu afundo um pouco mais.

— Teo!

Este momento é igual ao meu corpo dividido pelo mar e todas as expectativas que eu já depositei no horizonte.

— TEOOOOOOOOO!

Me virei para a costa e vi Natalia, já bem distante da faixa de areia, me chamando. Eu tinha boiado pra bem longe mesmo.

— Eu não consigo nadar até aí!

Nadei até onde ela estava e fomos nos sentar na areia.

— O que tu tava fazendo tão longe? Tentei chegar, mas eu tô podre da viagem ainda, meus braços parecem que vão cair.

Beijei Natalia antes de responder que eu não estava tão longe assim.

— O que tu sente agora que a gente tá no futuro?

— Como assim?

— Sei lá, é o ano 2000. 2001 pensaram na odisseia no espaço. Se bem que antes o futuro era 1984 e a gente já era nascida. Mas, sei lá, 2000 dá mais impressão de futuro. Bug do milênio, teletransporte, comunicadores portáteis com projeções holográficas. E a gente acampando na Praia do Sonho, como selvagens, e eu assombrada com a idade do mundo.

— Sabe, eu nunca sei se tu tá brincando ou falando sério ou debochando da cara de alguém.

— Eu tô falando sério.

Ri. Mas estava falando sério. Eu sempre tinha essa reação de rir com coisas sérias.

— Tu tá rindo da minha cara?

— Não! Eu rio de nervosa.

— Por quê?

— Eu não gosto muito de acampar. Dormi mal e estava cansada. Vim relaxar na água, mas a minha cabeça tá a mil. Sabe quando isso acontece?

— Por que não me falou que não gostava de acampar?

— Por que eu quis vir, daí o que adiantaria eu falar, teria sido diferente?

— Não, mas ao menos eu saberia. Sei lá, poderia ter pensado em algo.

— Mas tá tudo bem. São só uns dias.

— Eu amo acampar. A gente vem todo ano, as gurias, os guris.

— Talvez a gente não esteja juntas nos anos do futuro.

Eu vi a tensão dos músculos da cara da Natalia se afrouxando. Mas não era relaxamento.

— Teo, vamos passar dias bons aqui e depois a gente conversa sobre isso.

— Vamos, eu não quis te magoar.

— Conversamos na volta.

— Ok.

Ficamos em silêncio um tempo e a Natalia tocou a minha perna. Eu gostava da Natalia. Na verdade, eu achava que ela não gostava de mim. Estava comigo porque a gente transava legal, mas não sei se ela gostava de mim *mesmo*.

— Já parou pra pensar em o quão antigo é o mar?

— Não.

— Chuta.

— Sei lá.

— Chuta!

— Duzentos milhões de anos.

— Como tu sabia?

— Para de sacanagem, Teo! É isso que eu falo, nunca sei se tu tá brincando ou tirando sarro ou falando a verdade.

— Os oceanos têm tipo duzentos milhões de anos. Um vinte avos da idade da Terra. Eu acho louco a gente olhar pra essa enormidade de água e não se espantar.

— Eu acho que *tu* é que é muito louca.

— Tu não te assombra com a vida e com a morte? Tu não acha que estarmos aqui é um grande mistério?

— Eu acho que a gente podia beber pra falar dessas coisas. Eu sou muito prática nessas observações. Não acredito em deus, acho que deus é um grande delírio coletivo, um caso de histeria aguda prolongada.

— Eu não sei se eu acredito em deus, deusas ou em alguma força misteriosa que nos puxa até aqui, que nos faz acreditar que somos as protagonistas do que a gente chama de nossa vida, que nos faz acreditar que é normal sermos criaturas sencientes e inteligentes, capazes de criar as mais loucas narrativas pra compreender justamente o grande mistério que é estarmos aqui. Aqui, nesta praia, usando um código complexo e articulado de sons que só é compreendido por parte das pessoas, porque cada povo vai ter a sua língua e os seus costumes e modos de pensar o grande mistério. Tipo, tu nunca te perguntou se tá realmente viva e, se sim, o que isso significa?

— Eu não sei se te amo ou se te odeio.

Foi assim que a Natalia descobriu que sentia alguma coisa muito forte por mim, que não sabia definir direito. E foi ali que eu entendi que eu me sentia assim com relação à vida, ao mundo. Ali, o mar devolvia a mim tudo o que eu tinha plantado.

Na volta, a moto foi na caçamba da Strada do amigo da Natalia e a Natalia foi de carona com a Melissa. Eu peguei um ônibus. Ia ficar apertado. E eu preferi viajar sozinha, me perguntando se estava viva ou morta, sonhando ou acordada, e no meio disso criando cenas de sexo na minha cabeça. Cenas em que eu, a Natalia, a Giorgia e a Melissa nos pegávamos todas. O Santiago, o Fábio e a Antonia não. Eles me davam zero tesão. Depois, eram nomes que eu não lembraria mais. O pessoal da prefeitura. Por que eu nunca tinha pensado em fazer um concurso público? Emprego seguro. Dinheiro bom. Estabilidade — eles diziam muito essa palavra.

Voltei direto para Caxias e, quando cheguei, minha mãe contou da catástrofe que tinha sido tentar voltar com o meu pai. E que ele viria em dois fins de semana pra conversarem e ela teria que terminar novamente com ele, reviver o trauma.

— Muito chato isso, Teodora. Ficamos juntos por vinte anos. Isso quer dizer que deu certo. Por vinte anos deu certo, e agora não tá mais dando. Eu não consigo, Teodora. Só que a Sofia tá muito triste com isso. Eu vim conversando com ela na volta.

— Ela vai superar, mãe.
— Como foi a praia?
— Foi intensa.
— Intensa? O que isso quer dizer, Teo?
— Não sei, mãe, foi um tipo de mistério.

APROXIMAÇÕES AMOROSAS

1. TENHO SONO, SAUDADE E DISTÂNCIA. Caminho paciente por uma estrada traiçoeira. O vacilo prescreve. Revigoro o ritmo. Tenho pernas resistentes e um coração ansioso, mas inatacável. Tenho meta: chegar em casa. Não à casa dura, concreta demais, mas à casa amorosa, onde meu bem-querer te habita.

2. Quando a tua mão busca o justo espaço, o espaço posto, o espaço falta, quando a tua mão busca, espalma, quando a tua mão busca coluna, pele, quando a tua mão busca osso, a tua mão busca, digo, quando busca, a tua mão busca quando busca qualquer coisa no meu corpo, digo, quando ela busca não para encontrar, mas para seguir buscando, assim, quando a tua mão busca em mim, é sempre nosso encontro.

3. Com quantos copos de armagnac liquefaz-se o amor entre duas mulheres?

4. Ao acordar, te chamo. Você: lenta. Dentro do sono. Profunda. Eu: superfície. Antemanhã. E te chamo naquela hora aquosa em que o peso do corpo é nulo. Te chamo na hora em que tua coxa cobre o lençol amassado, na hora que faz calor dentro (e tua coxa nua embaraça a cama). Te chamo. Você: úmida. Desenho: saliva sobre travesseiro. Ao acordar: vinco, visco, isca, fecho os olhos. Você: presença.

5. Bravura: a minha vida e a tua.

O GOSTO DA AUSÊNCIA

GOSTAVA DE PÔR OITO, nove, dez chicletes na boca de uma vez só. Não chicletes fininhos, de adulto; gostava daqueles gorduchos, com recheio de tutti frutti, banana, uva ou morango e açúcar em demasia. Não fazia muito. Era coisa de uma, duas vezes por mês. E depois guardava no congelador, dentro de saquinhos ziploc. Tinha esses rituais e tensão nas mandíbulas. Passava no mercado e comprava um chiclete. No outro dia, comprava mais um. Depois outro, e assim ia. Sabores diferentes sempre. Quando chegava ao décimo quinto, ou antes, caso estivesse muito ansiosa, espalhava tudo na cama. Abria um por um e os enfileirava. Cores levemente empoeiradas sobre seu lençol de flores, cheio de bolinhas que pinicavam. Pensava nas coisas ruins que tinham acontecido e mascava, mascava, mascava, como se pudesse extrair alguma doçura das piores catástrofes. Tutti frutti para o ônibus que não passou no horário, morango por ter se atrasado para a reunião de trabalho — que não era emprego, mas quebrava o galho; banana para o imbecil que sussurrou qualquer coisa no elevador de um prédio comercial, na terça-feira pela manhã quando foi ao dentista; dois de menta para o projeto de começar a fazer ioga que fracassou antes de acontecer; cereja e morango pro aluguel atrasado há dois meses; uva pra psicóloga da entrevista de emprego que ficou muito mais interessada no fato de eu ser "uma lésbica assumida" do que na minha formação e nas minhas habilidades interpessoais. *Mas então você é uma lésbica assumida? Eu sou uma lésbica assumida? Eu sou uma lésbica?* Fiquei rimando com aquele livro horripilante de Cassandra Rios. O que ela queria dizer com tal frase tão mal enjambrada? *Umalésbicassumida*, que diabos é isso? Mais um de morango para a gripe do pai, que me deu um baita susto. Mascou, mascou, mascou, fechou os olhos e sumiu por um segundo, mergulhando numa calda de saliva, doçura e frutas artificiais. Aqueles eram os verdadeiros paraísos. Reparou que mais um de tutti frutti tinha rolado para baixo de seus pés. Esse aqui vai para — e parou. Pensou que não tinha mais nada de ruim. A louça do fim de semana, que tenho de encarar agora se quiser uma pia limpa amanhã de manhã. Pronto, enfiou mais um na boca. Talvez tenha esquecido algo importante. Posicionou o celular em um pequeno tripé sobre a cômoda, conferiu o enquadramento e continuou mascando. Vídeo de uns três minutos. Jogou numa pasta chamada *A forma do abismo*. Ficou olhando o nome do arquivo por alguns segundos e mudou para *A forma da angústia* e de novo para *A forma do abismo*. Se achou uma pretensiosa do caralho. Achou o nome ruim e cheio de significados que a ação em si não evocava, e quando pensou na palavra evocação se achou uma pretenciosa do caralho. Riu. Levantou, foi até a cozinha, olhou a louça toda e suspirou. Quando o ar saiu levou um longo fio de baba, que pousou leve na sua camiseta verde água, escurecendo-a. Abriu uma das gavetas, pegou um saquinho ziploc, tirou a massa disforme e multicor da boca com um pouco de dificuldade, deixou água da torneira correr por cima, sacudiu e guardou. Retirou o ar com cuidado. Saco fechado e para dentro do congelador. Havia mais uns sete saquinhos, lado a lado, todos com aquelas esculturas maravilhosas. Sem espaço para gelo ou comidas rápidas congeladas, apenas para os monstros mastigados. Fechou a geladeira. Lavou a louça e foi para a cama.

Galeria cheia. Vinho branco, fino. Gente influente no meio artístico. Todos falando sobre as esculturas. Érica parada na frente de uma redoma com um dos chicletes dentro. Ao lado, uma reprodução do chiclete dez vezes maior, só que de massa de modelar e, ao lado da escultura de massa, outra, dez vezes maior do que a segunda, só que de barro e, ao lado, uma foto com pessoas amontoadas reproduzindo a forma do chiclete original. *As formas do abismo. A forma da pretensão. Formas de chamar atenção.* Achou os títulos pretensiosos, mas a curadora amou. A galerista ficou intrigada e instigada, achando que havia uma dubiedade a respeito das pulsões. O vídeo era exibido em looping na última saleta. Érica era a nova queridinha do meio.

Batidas na porta. Ela acorda do seu devaneio. Não estava sonhando; estava inventando aquela narrativa deliberadamente enquanto se masturbava.

Aviso de despejo. A síndica diz infelizmente, é uma pena, que coisa mais triste, mas, enfim, é a vida, talvez se voltasse para a casa dos pais, se tivesse outra amiga para dividir, que devia ser mais fácil segurar as pontas em duas, e será que sua amiga não volta, infelizmente é uma pena.

Infelizmente é uma pena redundante de verdade.

Agradece e fecha a porta.

Olha a hora no celular. Tem outra entrevista hoje. A data traz uma memória. Pensa agora que aquele último chiclete poderia ter sido pelos seis meses da morte da mãe. Da última vez que a mãe esteve na casa dela, abriu a geladeira e viu três saquinhos. Érica, o que é isso, minha filha? Nada, mãe, um projeto, eu vou expor. Vai expor... O que é isso? É chiclete, Érica? Vai expor chiclete mascado? E riu até se engasgar. Riram juntas. Foi a última vez que riram tanto. Ai, Érica, pior é que quando você era pequena já tava cheia dessas ideias de doida, eu sabia que tu ia ser artista. Mas é bem doida mesmo, se fosse médica podia tá me cuidando agora. Podia mesmo, mãe, mas infelizmente sou só uma adulta disfuncional que guarda chiclete mascado na geladeira. E riram mais. A mãe limpou as lágrimas. Mas tudo bem, a gente é o que a gente é, e tu, minha filha, é alguém que guarda chiclete no congelador pra fazer arte! Que mente! Mãe, eu tenho amigos que guardam coisas bem piores, mais nojentas, se quer saber. Eu que não! Não me conta, por favor. É o quê? Merda? Quer ou não quer saber? Não quero! Mas deve ser merda. Aquele teu amigo tem bem cara de quem guarda merda. E o que a Larissa diz disso? A Larissa não diz nada, porque a gente terminou. Ah, desculpa, eu não sabia, sinto muito, Érica. O que houve? Nada... Escolhas. Por que não me contou, filha?

Desgrudou os olhos do papel de aviso de despejo e olhou para o espaço vazio, onde não estavam nem a mãe, nem Larissa. E se sentiu mal ao pensar nas duas ao mesmo tempo, mas elas eram as mulheres mais importantes da sua vida nos últimos tempos. Estranho seria não pensar.

Vestiu a melhor roupa que tinha e foi conseguir o emprego. Não era mau. Nem bom. Era algo. E assim foi. Ficou feliz, porque ser secretária de uma galeria era estar a alguns passos de ser assistente de alguma artista importante. Não que lembrasse de alguém, mas era um canal, ela pensava.

Quando chegou em casa, quis celebrar algo. Abriu a geladeira e não achou nem uma Coca-Cola velha e sem gás. Afastou uma bisnaga de maionese para alcançar um pêssego e sua mão encontrou um chiclete. Larissa sempre deixava chicletes espalhados pela casa. Tinha essa mania de comprar um punhado e deixar pelos cômodos. Em cima da geladeira, na cama, na cômoda, sobre os livros, seguido se encontrava chiclete rolando pelo chão. Quando Larissa foi embora pela última vez, Érica juntou todos, pôs tudo na boca e mascou, mascou, mascou até ficar com dor no maxilar. Depois guardou num saquinho. Pensou que faria aquilo até que o gosto ruim daquela ausência passasse, mas não passou. Ficou acumulada, congelada em sacos. Larissa voltou algumas vezes ali: quando a mãe de Érica morreu, passou a noite; depois, num dia aleatório, voltou pra transar e contar que mudaria de estado. Vai mudar pra onde, Larissa? Pro Pará. Pará? Passei num concurso pro serviço público, dentista de postinho. No Pará? No Pará, em Santarém. Santarém. Isso. O consultório é lá, mas a gente vai atender o pessoal dos arredores também. Larissa não abriu a geladeira, nunca soube dos saquinhos ziploc.

Érica pensava que poderia ter sido feliz com Larissa, mas não sabe. Talvez estivesse fragilizada com a morte da mãe, as condições de vida, a alta do dólar, o capitalismo, o processo civilizatório. Talvez só precisasse dar contorno às coisas. Talvez precisasse de tempo apenas. Ainda fala com Larissa nas redes, não foi nada horrível nem tosco, só não deu. As coisas às vezes não dão.

Em três meses, Érica revisaria suas esculturas. Em três meses começaria a trabalhar nas reproduções. Agora só tinha os filmes de si mascando, mascando, tentando transformar o gosto das coisas. Tentando, na verdade, manter sua doçura de algum modo acessível. Em três meses tomaria o trabalho seriamente. Em três meses faria algo, retomaria o prumo. Não era mentira. A vida não fora sempre difícil. É que às vezes passamos por momentos ruins, Larissa escreveu, tentando confortá-la. Ela sorriu. Tinha um trabalho novo e um emprego novo. A saudade era irremediável. O gosto se apagaria de alguma forma. O bom e o ruim. Se entregou ao tempo, desejando um futuro possível e um presente.

AS RUGAS DO FANTASMA

Luiz Maurício Azevedo[1]

Publicado pela editora porto-alegrense Dublinense, *Amora*, de Natalia Borges Polesso, é uma pedra luminosa no conjunto caudaloso da literatura contemporânea gaúcha, cheia de heróis de bombacha, neblina, vento e nostalgia cibernética. As pouco mais de três dezenas de histórias curtas que a primeira edição traz podem ser tomadas como fotografias, em alto contraste, das tensões entre a sociedade repressora e os indivíduos reprimidos; ou, bem mais que isso, entre os egos deprimidos de todos nós e os poderes sociais autocorrosivos que emulam o sustento de nosso modo de vida, mas que, no fundo, nos consomem dia após dia. Da neta lésbica que descobre as relações insuspeitadas com a biografia da avó à cobiça da vida sexual alheia; das falências da domesticação do prazer às agonias de sua saturação; das incompreensões do corpo

---

[1] Crítico literário e pesquisador de pós-doutorado na FFLCH/USP.

às potências da mente. Todos esses caminhos narrativos resultam em uma espécie de museu do corpo, no qual a memória de nossas experiências reflete todas as cores da bandeira de uma identidade sexual que, a despeito do que a ambição antropológica de nossos aparelhos ideológicos historicamente sugere, merece celebração.

Aqui não aparecem contos sobre a lesbianidade, e sim contos sobre a vida lésbica. Se o objetivo da literatura é construir uma universalidade feita de uma genuína e transbordante especificidade, Polesso atinge, em *Amora*, o ponto mais alto da realização estética: a transcendência do tema em função da qualidade do projeto estético. Nada em seus contos soa como um convite ao externo. A questão para a autora parece ser a parte de dentro: os úteros, as vísceras, o miolo, o núcleo. Não há acenos ao outro lado da margem, não há qualquer proposta de entendimento entre aquilo que se é e aquilo que se apresenta como outro. *Amora* é um espelho colorido que se torna, ao longo das páginas, com furor e beleza, uma radical experiência de ser outra coisa sendo apenas uma só.

Em um país viciado em andar para trás, parece sintomático que este livro surja em um momento de profunda turbulência política, mas é especialmente louvável que ele se mantenha, o tempo todo, atento ao compromisso ficcional, pois o melhor que a literatura pode fazer para mudar o mundo que nos cerca é descrever detalhadamente aquilo que ele, de fato, é.

Setembro de 2016

AMORA: UM LIVRO PARA FALAR DO AMOR

Milena Britto[1]

> Ali, ali naquela casa, moram duas velhas. Moram ali faz anos essas duas velhas. Acho que essas velhas têm alguma coisa, moram juntas faz anos. Ali na casa das velhas estranhas.[2]

Passamos a vida inteira vendo, vivendo, ouvindo e lendo histórias de amor que, por mais espetaculares que possam ser, estão alinhadas com o mais rígido signo da herança patriarcal: a heteronormatividade. De Romeu e Julieta a Lampião e Maria Bonita, a performatividade dos casais ícones da nossa história cultural é guiada sempre pelo gerenciamento de gêneros opostos que forjam sexualidades complementares, gestos de amor, perdas, rebeldias, vida e morte, tragédia e felicidade. Essas histórias-ícones vão marcar nossa memória e estabelecer modelos para um dos aspectos humanos mais sublimes, o encontro de desejo e de sentimento que todo ser humano deseja experimentar: o amor.

---

1 Professora e pesquisadora da Universidade Federal da Bahia (UFBA), pesquisa gênero e literatura, é editora e compõe o coletivo de curadores da Flip 2022.
2 Trecho do conto *Marília acorda*.

Em certos momentos dos nossos percursos como leitoras e leitores, nos deparamos com textos que escaparam ao controle da estrutura social heteropatriarcal e nos deixam por completar certos mistérios com personagens inesquecíveis: Diadorim (*Grande sertão: veredas*), Orlando (*Orlando*), Dorian Gray (*O retrato de Dorian Gray*), Celie (*A cor púrpura*), entre muitas outras personagens incontornáveis que sustentam narrativas em torno do amor na literatura universal. Foram essas personagens, girando em uma espécie de periferia da literatura, que possibilitaram, num território velado, imaginação e libertação de corpos cujo "amor" estava fora dos modelos da sociedade heteropatriarcal. Essas personagens sempre foram pequenas janelas para onde os olhos de homens e mulheres outsiders se dirigiram com esperança de um mundo muito maior do que as prisões sociais que encerravam seus desejos.

Em resposta a esse mundo cerceado pela normatização do desejo, *Amora*, livro de contos de Natalia Borges Polesso, é peça vital na literatura brasileira contemporânea, uma grande janela para os olhos de todas e todos que desejam exercer o seu direito básico de amar.

Ao mesmo tempo em que promove a liberdade de existir de uma escritora assumidamente lésbica — fazendo a sua própria assinatura ser um grito de liberdade que inúmeras autoras e autores LGBTQIAPN+ não tiveram a chance nem a permissão para exercer com plenitude no passado recente —, o conjunto traz um "mapeamento" literário de um cotidiano das existências que todo ser humano pode experimentar em algum momento de sua vida: primeiro amor; casamento; traição; separação; morte; perdas; sonhos; velhice; solidão; tristeza; felicidade; virgindade; independência; descoberta de seus próprios repertórios;

enfrentamento da família; amor fraternal; trabalho; estudo; e aventuras de toda sorte, como se vê na vastidão dos temas presentes nos contos. Só que, nesta proposta literária de Polesso, tudo isso se oferece na contramão da "institucionalidade" da existência gerenciada pelos padrões normativos. Natalia nos brinda, em cada narrativa, com uma das forças de seu livro: a "autonomia" do desejo. Gênero, sexualidade e experiências estão sob as circunstâncias da escritora, mas as histórias são aquelas possíveis na vida de todo ser humano. É dentro dessa força política que o livro revela seus caminhos estéticos.

São muitos gestos de amor em *Amora*. Alguns se referem a personagens que a sociedade opressora retira das narrativas de amor, como pessoas velhas, pessoas com depressão, ansiosas, tímidas, distraídas, sensíveis a bebidas alcóolicas, com câncer, ou simplesmente aquelas cujas características físicas e de personalidade levam a taxações que resumem os estereótipos criados pelo olhar implacável da sociedade que moraliza, elege e condena.

Nos contos de Natalia Borges Polesso, personagens lésbicas ou no espectro do amor entre mulheres nos levam por suas formas de estar no mundo e de se relacionar tanto consigo quanto com outros seres. No contexto contemporâneo, vivendo no século de expansão tecnológica, de possibilidades infinitas de encontros, uma forma de se vivenciar a liberdade é organizar comunidades subjetivas de pertencimento que enfrentem o status quo, a censura, a representação absolutista de um padrão homogêneo. É assim que a obra *Amora* se torna, ela própria, uma espécie de comunidade em torno da qual se identificam mulheres — adolescentes, jovens e maduras — que, para além de suas sexualidades, encontram um caminho de partilha através da "escrita de si" emulada na variedade de situações. As experiências representadas e propostas a partir das personagens e da linguagem que compõem os contos presentes no livro de certa forma rasuram aquilo que comentei no início deste texto.

Ao lermos *Amora*, podemos saber do amor, dos encontros e das descobertas das grandes emoções sob outros vieses que não aquele gerenciado pelas estruturas simbólicas do heteropatriarcado. O título nos remete a uma sensualidade impressa na imagem dessa fruta de cor vermelho-morado, mas também traz na sua raiz a palavra amor, que, associada aos movimentos de ação feminista da última década, ainda recebe a letra "a" que torna a palavra "amor" uma palavra feminina, "amora", desterritorializando-se, assim, o "amor" de uma concepção masculina que atravessa os séculos sob a égide da universalidade ocidental.

Alguns contos da obra compartilham experiências da juventude, período de descobertas, de formação; entretanto, as narradoras são personagens transitando entre duas ações interessantes: uma corajosa autodeterminação em se permitir viver seus desejos e uma certa rebeldia contra um sentimentalismo explorado pela cultura masculina ao representar relacionamentos envolvendo mulheres.

É com uma falsa displicência, por exemplo, que a narradora do conto *Primeiras vezes* nos faz "escutar" suas experiências de perda de virgindade (a recheada de mentiras e a "real"), dando complexidade aos rituais que envolvem o despertar sexual de garotas que não se localizam no padrão heterossexual, tendo que lidar com o turbilhão interno e ainda com o controle e a expectativa da sociedade:

(...) Letícia abriu a porta e foi para o banco de trás. Ela seguiu, procurando não ser enganada por uma expectativa que seria apenas sua. Não tinham carro nem idade para dirigir. O voyage não tinha rádio, portanto não tocava 4 Non Blondes. A calcinha de Letícia era roxa e tinha uma renda, a dela era cinza e o algodão estava esgarçado para além dos limites do bom senso. Nenhuma das duas teve tempo de tirar o sutiã. Foi tudo desajeitado, como são geralmente as primeiras vezes. Cheias de dentes que batem e movimentos de desencaixe.

As narrativas presentes em *Amora* nos falam de amor não apenas entre personagens apaixonadas entre si, mas, investidas na abordagem e na desconstrução de olhares viciados, deixam que o amor seja uma forma de ver e de atravessar a vida, de compreender as experiências de sujeitos que são violentados por existirem fora de um padrão imposto. É amorosa a maneira com que a autora constrói lugares de tensões e de normalidade. Há, em cada conto, o extraordinário e o ordinário. As "descobertas de si" das várias personagens se dão tanto interna quanto externamente, em "si mesmo" e no "outro". No conto *Vó, a senhora é lésbica?*, encontramos uma observação sensível sobre a homoafetividade em duas gerações distintas, com a personagem mais jovem se dando conta de que o enfrentamento social radical enfrentado por sua avó para viver o amor como podia, numa vida interditada pelo preconceito, faz com que as duas não possam dividir uma cumplicidade na experiência de amarem mulheres:

Porém me ocorreu lembrar que a tia Carolina tinha sido casada com o seu Carlos. Me ocorreu que talvez ela não pudesse ficar com a minha vó. Me ocorreu que nunca tivessem dançado, nem bebido juntas, ou sim. Pensei na naturalidade com que Taís e eu levávamos a nossa história. Pensei na minha insegurança de contar isso à minha família, pensei em todos os colegas e professores que já sabiam, fechei os olhos e vi a boca da minha vó e a boca da tia Carolina se tocando, apesar de todos os impedimentos. Eu quis saber mais, eu quis saber tudo, mas não consegui perguntar.

Entre tantos gestos de amor que *Amora* nos reserva, um que nos convida a ultrapassarmos as condições etaristas herdadas dos padrões capitalistas opressores é o olhar delicado sobre a velhice. O conto *Marília acorda* une, com uma sensibilidade extraordinária, amor, velhice, solidão, medo da morte e cuidado do outro. Não faltam, na narrativa, os pequenos detalhes que erguem o cotidiano dividido, o desejo e a admiração pelo corpo amado mesmo que já não jovem, o flagrante susto que a ausência da amada pode, a qualquer hora, selar. O conto é sensorial, com descrições de cheiros, texturas, imagens e cores que concretizam a convivência, o amor e a devoção das amadas.

Outra coisa especial, como nos demais contos de *Amora*, é o final. Natalia traz uma espécie de proposta inscrita nos finais de suas narrativas. Decide terminar cada uma das situações narradas sempre acenando para um instante a mais da parte preciosa do sentimento, numa devoção às personagens, desejando que a experiência de vida ali deixada permaneça com seus leitores para além daquelas páginas. De certa forma, é um enfrentamento da tradição ocidental que põe um peso nas palavras que encerram as personagens em suas histórias, num fechamento dramático que ergue uma diegese intransponível entre o que se lê e o que se vive. Natalia faz um movimento diferente, aberto para dentro e para fora das histórias, às quais oferece um pouco da vida "de nossas vidas":

> Agora ela me ajuda a tomar banho. Lava minhas costas com suas mãos desajeitadas. (...) Passa xampu na minha cabeça três vezes e eu sinto que tem algo errado, mas não digo nada. Eu tenho medo. É justo que eu tenha medo. Mas não é justo que mostre isso para ela. Marília é medrosa, parece dura, mas morre de medo. Eu morro de medo ainda e de novo e todos os dias rezo para que morramos juntas, porque eu não vou suportar ficar sozinha, nem ela. Eu pensei em cuidar disso eu mesma. Pensei em fazer com calma, pensei em deitar com Marília, de meias, e no chá misturar uma dose que nos tranquilize e, com sorte, não acordaremos. Pensei só, mas não tenho coragem. Então eu rezo. Eu rezo para que sejamos juntas tão juntas como sempre fomos, agora e na hora da morte.
>
> No domingo seguinte, Marília acorda e me acorda com cheiros de café, gavetas sendo empurradas e a nossa melodia sem palavras.

Amora é uma obra para permanecer e tem revelado isso nos desdobramentos variados que tem gerado dentro e fora do ambiente acadêmico, em estudos, dissertações e teses, e ainda em clubes de leitura, em rodas de conversa, em postagens de redes sociais. A escrita acessível aproxima as narrativas de qualquer leitora/leitor, formando comunidades de troca e de reconhecimento.

Cada conto que lemos nos parece uma conversa que tivemos ou algo que escutamos de nossas amigas, tias, mães, avós, colegas. Aliás, outro traço interessante do conjunto é que várias narrativas estão ligadas ao universo familiar, são tias, primas, avós, mães. Há uma intimidade familiar que sempre paira sobre as situações narradas, algo entre o estranhamento e o ordinário. Vejo como uma espécie de retomada de um pertencimento que o preconceito e as estruturas homofóbicas da sociedade heteronormativa têm negado sistematicamente aos corpos lésbicos, sejam eles de mulheres brancas, de onde fala a autora, ou de mulheres negras: ter direito a existir dentro de suas famílias sem esconder os nomes das suas amadas ou trocá-los por nomes masculinos, não fingir que uma "amiga" está dormindo em sua cama ou simplesmente ter direito a encarar os preconceitos da própria família e da vizinhança sem se aniquilar.

Amora é um livro com lugares muito especiais de observação, mas, especialmente, é um livro para falar de amor, que, como nos revela a personagem do conto *Não desmaia, Eduarda*, não é tema sobre o qual consigamos controlar nossas palavras e emoções, afinal, é dessas tempestades que nos atravessam corpo, alma e pensamentos:

> Você fecha os olhos, respira fundo e pensa que uma hora se está por cima com os pensamentos bem firmes sobre os ombros e logo depois são as pernas voando por cima da cabeça.

No contexto do mundo heteronormativo, sabemos da importância de movimentos políticos, de contracultura, de culturas alternativas, de culturas queer, como atos políticos de resistência e formas alternativas de existir, de viver. Entretanto, Natalia Borges Polesso faz de *Amora* uma possibilidade de resistência não pelas diferenças que surgem quando os direitos são interditados, mas por aquilo que os seres humanos trazem em comum e compartilham: o desejo de existir e de amar. *Amora* é um livro para falar do amor.

Copyright © 2022 Natalia Borges Polesso

CONSELHO EDITORIAL
Gustavo Faraon, Rodrigo Rosp e Samla Borges
PREPARAÇÃO
Julia Dantas e Samla Borges
REVISÃO
Camila Doval e Rodrigo Rosp
CAPA E PROJETO GRÁFICO
Luísa Zardo
FOTO DA AUTORA
Daniela Alves

DADOS INTERNACIONAIS DE CATALOGAÇÃO NA PUBLICAÇÃO (CIP)

P765a Polesso, Natalia Borges
Amora / Natalia Borges Polesso — 2. ed.
— Porto Alegre : Dublinense, 2022.
256 p. ; 21 cm.

ISBN: 978-65-5553-077-3

1. Literatura Brasileira. 2. Contos Brasileiros. I. Título.

CDD 869.937

Catalogação na fonte:
Ginamara de Oliveira Lima (CRB 10/1204)

Todos os direitos desta edição
reservados à Editora Dublinense Ltda.
Porto Alegre • RS
contato@dublinense.com.br

Descubra a sua próxima
leitura em nossa loja online

dublinense.COM.BR

Composto em TIEMPOS e impresso na PIFFERPRINT,
em PÓLEN BOLD 70g/m², no OUTONO de 2025.